集英社オレンジ文庫

私の愛しいモーツァルト

悪妻コンスタンツェの告白(アリア)

一原みう

CONTENTS

CHARACTERS

⚜ モーツァルト
天才音楽家、ヴォルフガング・アマデウス・モーツァルト。
愛称ヴォルフィ。35歳の時、謎の死を遂げる。

⚜ コンスタンツェ
モーツァルトの妻。愛称スタンツェル。

⚜ フランツ・クサーヴァー・ジュースマイヤー
宮廷楽長サリエリの弟子で、モーツァルトの助手を務めた作曲家。

⚜ サリエリ
イタリア人作曲家。神聖ローマ皇帝・オーストリア皇帝に仕える宮廷楽長を務める。

⚜ フランツ
モーツァルトの第6子。自身も音楽家になる。

⚜ レオポルト
モーツァルトの父。ザルツブルク宮廷に仕えた音楽家。

⚜ ナンネル
モーツァルトの姉。マリア・アンナ・モーツァルト。

⚜ アロイジア
コンスタンツェの姉。美貌と美声の持ち主。

⚜ ツェツィーリア
コンスタンツェの母。

私の愛しいモーツァルト
悪妻コンスタンツェの告白（アリア）
一原みう

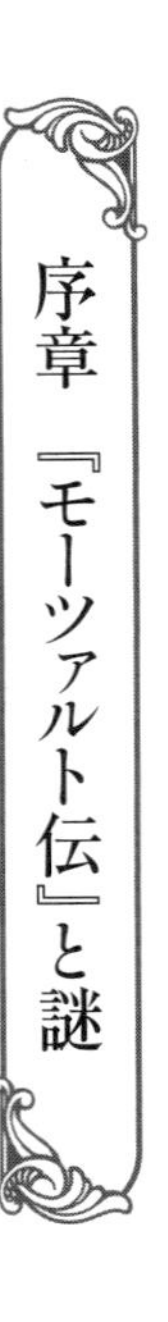

序章　『モーツァルト伝』と謎

天才音楽家ヴォルフガング・アマデウス・モーツァルト。その死から三十八年が経過した一八二九年。ドイツの出版社から『W. A. モーツァルト伝』が発売された。

著者はモーツァルトの寡婦（かふ）コンスタンツェと彼女の再婚相手で、デンマークの元外交官ゲオルク・ニッセン。モーツァルトの初の伝記——それも寡婦コンスタンツェが監修したとあり、高額な予約販売にもかかわらず、その本は国内外の注目を集めた。モーツァルトの実姉から四百通もの書簡（しょかん）の提供があったというその本の歴史的価値は高い。

しかし、『モーツァルト伝』を読んだ人は皆、少なからず失望した。皆が知りたかった謎に触れていなかったからだ。そう、モーツァルトの死の真相と遺体の埋葬場所である。

一七九一年十二月五日、三十五歳で生涯（しょうがい）を閉じたモーツァルトの死は謎で包まれている。

彼が埋葬されたウィーン市の公式記録を見ると、死因の欄（らん）に「急性粟粒疹熱（ぞくりゅうしんねつ）」と書かれている。が、「急性粟粒疹熱」とは高熱と浮腫の症状をあらわす医学用語で、直接の死因は特定されていない。

　モーツァルトは生前、「誰かに毒を盛られている」と語ったことがあり、彼の死の直後、ウィーンではモーツァルト毒殺説が報道された。病死か、はたまた毒殺されたのか——モーツァルトの死に立ち会った医者は、死因について語ることなくこの世を去った。

　モーツァルトの遺体を調べるにも、その亡骸もまた行方不明である。彼の遺体はウィーン郊外の聖マルクス墓地の共同墓穴まで霊柩馬車で運ばれたが、葬儀の参列者はなぜか全員、墓地に向かう途中で引き返してしまった。そのため、埋葬場所を正確に知る者はいない。墓に目印は立てられなかった。

　モーツァルトの葬儀に妻のコンスタンツェは参列しなかった。彼女はモーツァルト亡き後、十七年もの間、一度も墓参りをしなかったという。周囲の人間の再三の要望にもかかわらず、彼女は埋葬場所を明らかにすることを拒否した。

　モーツァルトの死後、三十八年経って出版された『モーツァルト伝』。そこでようやく、コンスタンツェは夫の死について重い口を開くかと思われた。しかし、彼女の証言をもとに執筆された『モーツァルト伝』に、読者が期待する内容は書かれておらず、コンスタンツェがモーツァルトにとって善き妻だったと一貫して擁護する主旨のものだった。また、そこに書かれたコンスタンツェの証言には矛盾や齟齬があり、掲載された書簡が一部塗りつぶされているなど、意図的に改竄した痕跡が見られた。そのため、コンスタンツェが自分に都合の悪い内容を削除したのではないかと囁かれ、それが次第に定説となった。

『モーツァルト伝』の出版は、モーツァルトの死の謎をより複雑にしただけでなく、コンスタンツェを「悪妻」と決定づけることとなった。

人々は噂をした。なぜ、彼女はこんな本を出版したのだろう——。

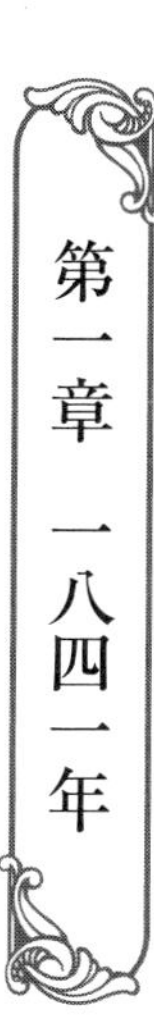

第一章　一八四一年

一　もう一人のモーツァルト

一八四一年、秋。

三人の客を乗せた乗合馬車がウィーンから西にのびる街道をひた走る。

馬車の中で背中を丸め、眠っていたフランツは車輪の揺れで目を覚ます。その瞬間、手にしていた本が足元に落ちた。コンスタンツェとニッセン共著の『モーツァルト伝』。辞書のように重みのある装丁の本だ。

「落としましたよ」

向かいに座った初老の夫婦が本を拾い上げ、旅装束のフランツに手渡す。南欧からの旅行者らしく、陽気に笑った。

「ああ、ありがとうございます」

つられてフランツも微笑み、本についた埃を払う。

フランツは今年で五十歳になる。長旅で、体はすっかり凝り固まり、節々が痛む。持病の胃痛はまだ出ていないが、早く体を楽にして、新鮮な空気を思い切り吸いたかった。

懐中時計を見ると、オーストリア帝国の首都ウィーンを発ってすでに五時間が経過していた。車窓から見えるのは、なだらかな丘陵地、緑豊かな自然。空の色を写しとったような、青みがかった川や湖。その場所は、重厚で、歴史を感じさせる建築物が多く、人がひしめくウィーンとは別世界だった。

馬車は、ウィーンから三百キロのところにある、小都市ザルツブルクへと近づいていた。

「かのモーツァルトもこの街道を通って、ウィーンとザルツブルクを往復したのでしょうね。かつて彼が通った街道を私たちも通っているなんて、夢のようですね」

目の前の老夫婦は、フランツが持っている本を見て、フランツを同好の士と見てとったようで、話しかけてきた。

「その伝記をお持ちということは、あなたもザルツブルクに行かれるのですよね？」

老紳士は流暢なドイツ語でフランツに訊いた。今年、一八四一年は天才音楽家ヴォルフガング・アマデウス・モーツァルト没後五十年にあたり、国内外から彼のファンがザルツブルクに集まってきているという。

「私たち、彼の音楽にすっかり魅了されてしまいましてね。ウィーンで彼にゆかりのある場所を訪ね、これからいよいよ彼が生まれ育った街に行くところなのです」

「ザルツブルクでは来年九月に大々的に開催されるモーツァルト音楽祭に向けて、今からいろいろな催しが企画されているようですからね。彼が洗礼を受けた大聖堂ではミサ曲の演奏があるそうですよ。あなたはどちらの演奏会に？」

「僕は――」どう答えていいものかフランツは言葉に詰まる。「僕は演奏する側なんです」

「まあ、音楽家の方ですか？」

老婦人は意外そうな顔でフランツを見た。彼女が思い描く演奏家のイメージと、フランツの外見はそぐわないものだったのだろう。昨今の演奏家には華美な服装を好む人が多い。

「ええ。……来年九月の音楽祭でも、モーツァルト作品の演奏を依頼されたのですが
――」

「そうなのですか。何を演奏されるのですか？　どちらのホールで？」

「いえ、その出演を辞退しに行くところなのです」

「辞退……ですか？」

「ええ、ザルツブルク在住の母が……母は、音楽関係者と縁が深いものですから、僕をモーツァルト音楽祭の演奏家の一人に推薦（すいせん）してくれたのですが、やはり僕にはモーツァルトを弾きこなす力量はないように感じられるのです」

それに――とフランツは自分の手を見つめ、話を続ける。

「体力の衰(おとろ)えも感じています。せっかくの機会を作ってくれた母には申し訳ないのですが」

「何か事情がおありのようですが、お悩みになることもないのではないですか？　楽しんで演奏されればいいのですよ」

老紳士の言葉にフランツは淡く微笑み、首をふった。

「実は、モーツァルトのことがよくわからないのです。その迷いが演奏に出るのでしょう。伝記を読んでみましたが、ここに僕が知りたいことは書かれていませんでした。僕は生まれてから一度もモーツァルトの演奏を生で聴いたことがありませんし――」

モーツァルトがこの世を去ったとき、フランツは生後四カ月だった。

「僕自身、ピアノを弾きますので、彼の曲の素晴らしさはわかります。ですが、彼の何が、人々をとらえるのでしょう。なぜ、彼の音楽は、彼の死後半世紀経っても忘れられないのでしょうか」

「まあ、この国の方なのに、彼の真価をご存知ないなんて」

「彼は天才ですよ。天才！」

老夫婦は口をそろえて言った。

天才――。それはモーツァルトを語る上で欠かせない言葉だ。

十八世紀から十九世紀にかけて、欧州に数多くの有名音楽家があらわれた。バロックを代表する音楽の父バッハ、ヴィヴァルディ、ヘンデル。古典派を代表するハイドン、モーツァルト、古典派からロマン派への移行期に活躍したベートーヴェン、シューベルト。その中でもっとも「天才」の名にふさわしいのはやはり、モーツァルトだろう。

天才には天才にふさわしい逸話が多数残されている。老夫婦はフランツにその逸話を語りはじめた。

一七五六年一月二十七日にザルツブルクで生まれたモーツァルトは、三歳からチェンバロを弾き、五歳で最初の作品を作曲する。

六歳のときにザルツブルク大司教の前で初めてピアノ演奏を行い、大成功を収める。息子の稀有の才能に気づいた父レオポルトは、幼少のモーツァルトを連れ、欧州中に演奏旅行に出る。それは、各地の王侯貴族の前で神童ぶりを披露する旅だった。

「私はマリー・アントワネットに求婚した逸話が好きですわ」と老婦人が言った。

その逸話は『モーツァルト伝』にも書かれており、本が発売されるや否や、あっという間に世の中に広まった。六歳のとき、シェーンブルン宮殿のマリア・テレジア女帝の前で演奏を行ったモーツァルトは、宮殿の床で滑って転んでしまう。そのとき助け起こしてくれた七歳のマリア・アントニア皇女――後にフランス国王ルイ十六世に嫁ぎ、フランス王妃となったマリー・アントワネットに、モーツァルトは「大きくなったら、僕のお嫁さんにしてあげる」と言ったという。

「私が好きなのは、十四歳のとき、ミゼレーレを一度聴いただけで覚えてしまった逸話ですね」と老紳士が言った。

ミゼレーレというのは、ローマのシスティーナ礼拝堂で歌われる、アレグリ作曲の九声合唱曲のことだ。復活祭に先立つ聖週間の、水曜と金曜の朝課でしか演奏されず、門外不出と言われたこの曲を、モーツァルトは一度聴いただけで記憶し、譜面に書き起こした。そして、二度目に聴いたときに細かい修正を加え、完全なものにしてしまった。

「絶対音感を持つ人は、耳に入る音をそのまま演奏できたり、楽譜に写し取れると言いますが、ミゼレーレは演奏時間が十分近い大曲。おまけに九声合唱です。いわば、九つの旋律が彼の頭に入っていたわけですから、やはり天才は子供のころから違いますね」

老婦人は老紳士に賛同するように言った。

モーツァルトは弱冠十四歳のときに音楽家として最高の名誉である「黄金拍車勲章」をローマ法王から授与され、聖騎士の称号を得た。そして、最も権威あるアカデミーのひとつであるボローニャのアカデミア・フィラルモニカの最年少会員となった。

モーツァルトの神童時代の逸話――目隠しをしてピアノを弾く、鍵盤の上を布で覆ったまま演奏するというような曲芸じみたことは、フランツにもできた。が、歳をとればとるほど、彼のすごさが肌で感じられるようになる。

三十五歳で生涯を閉じるまでの、約三十年間に作曲した曲は、六百曲以上。未発表のものや断片を含めると、七百から八百にのぼるという。

「おそるべき速筆と完成度だったそうですよ」と老婦人は言った。

「楽譜にはほとんど修正の跡がなかったそうじゃないですか」

老夫婦は楽しそうにある旋律を口ずさんだ。

「ターラ・ターラ・タラリラリー」

この旋律を知らない人はいないだろう。名曲、アイネ・クライネ・ナハトムジークだ。

「なんてきらきらしいんでしょう。モーツァルトの曲は、同時代の音楽家がやったように同じ旋律を繰り返すのではなく、次々と違う旋律が展開して、広がっていくんです。心が浮き立つんですよ」

「あなたも、そんな深刻な顔をなさらず、楽しんで演奏なさればいいのですよ」

「そうですね」とフランツは相槌を打つ。

楽しんで演奏できれば、それにこしたことはない。けれど、フランツにとって、モーツアルトの曲は特別な意味を持つ。いつも演奏を楽しむ境地には至れなかった。

「自分が書いた曲が後世に残り、演奏され、愛される――それはきっと音楽家として最高の幸せなのでしょうね」と、窓の外の景色に目をやり、フランツは呟いた。

「旅をしない音楽家は不幸だ」という格言を残したのは、モーツァルトだ。見聞を広めよと言いたかったのだろう。

事実、彼は生涯の三分の一を旅で過ごした。当時の旅は、今の十九世紀以上に大変なもので、命がけといってもよかった。道は舗装されておらず、移動中は睡眠も食事も思うようにとれなかった。モーツァルトは体が丈夫なほうではなく、旅の途中、様々な病気の症状に苦しんだという。無事に目的地にたどり着き、王侯貴族の前で失礼のない演奏をする――神童としての称賛を得るため、失敗は許されなかった。

普通の人なら、想像しただけで重圧でつぶれてしまうだろう。それを彼はやり遂げた。

子供を第二のモーツァルトにしようと考える親は多かった。十五年ほど前に亡くなったベートーヴェンの父親もそうだった。フランツの母も、フランツが子供のときから各地で演奏会活動をさせた。が、成功したとは言いがたい。

モーツァルトは、どんな状態でも舞台に立ち、演奏活動と作曲活動を続けた。成人してから不遇な時はあったものの、彼の才能が衰えることはなかった。彼が作曲したドイツ語音楽劇『フィガロの結婚』、『魔笛』は今なお各地でロングランを続けている。まさに――時代を超越する天才だった。


三人が乗った馬車は山深いところを抜ける。

「ああ、見えてきましたね」

老紳士は車窓から顔を出した。

ドイツ帝国に属するザルツブルク。ザルツブルクとは「塩の城」という意味で、この街は古くから岩塩の交易で栄えてきた。モーツァルトが亡くなる前は、訪れる人の数もそう多くなかったというのに、今ではモーツァルトの聖地巡礼のような地になっている。

街の中央を流れる、深緑色のザルツァッハ川。川の左岸に大聖堂の水色の丸屋根が見え、その奥に広がるメンヒスブルク山の頂（いただき）には、ホーエンザルツブルク城。緑豊かな丘陵地に城壁の白が映える。

到着地はザルツァッハ川の左岸だった。

「楽しい旅でしたよ」

馬車を降り、荷台に積んでいた旅行鞄（かばん）を受け取った夫婦はフランツに訊いた。

「ホテルはお決まりですか？　私たちはモーツァルトの生家の近くに宿をとったのですが、よかったら……」

「ありがとうございます。僕は大丈夫です。母のところに泊まろうと思います」

「ああ、お母さまはザルツブルク在住だとおっしゃっていましたね。それがいい。きっとお母さまも喜ぶでしょう」

「私たちはここにしばらくおりますから、もしかしたらまたお会いできるかもしれませんね。ここに来た最大の目的は、あのコンスタンツェに会うことなのですよ」

「コンスタンツェ……ですか？」

　フランツは言い淀む。

「といいますと、モーツァルト夫人の」

「ええ、そうです。悪妻の」

　老夫婦は、ほかにどのコンスタンツェがいるのかという顔をした。

「再婚したからニッセン夫人と言ったほうがいいでしょうか。この街に来たからには、ここに住んでいる彼女と一度会って、直接、話を聞いてみたいと思いましてね。生前のモーツァルトを知る人は、皆、この世を去ってしまいましたから」

「ああ……なるほど」とフランツは頷く。

モーツァルトの姉、マリア・アンナ――通称ナンネルは十二年前に七十八歳で亡くなった。モーツァルトとウィーンの宮廷楽長の座を争い、後に友人となったアントニオ・サリエリも十六年前にこの世を去った。モーツァルトの弟子たちも皆、この世にいない。

フランツはふと気になり、訊いてみる。

「今、悪妻とおっしゃいましたが、なぜ、モーツァルト信者の方はコンスタンツェを悪妻だと思われるのです？」

「おや、知らないのですか？　『モーツァルト伝』を読む限り、そのような描写はないのですが」この伝記はコンスタンツェが自分の身の潔白を示すために、出版したものだそうですよ」

「自分の身の潔白？」

「コンスタンツェとモーツァルトは晩年、不仲だったのです。コンスタンツェには当時、愛人がいたとの噂もありますからね」

「愛人……ですか……？」

フランツは驚きのあまり、手にした荷物を取り落としそうになる。

「お言葉ですが、コンスタンツェは敬虔なカトリック信者と聞いていますが」

「そんなのは仮の姿ですよ。あの女は教養もないのにモーツァルトを色じかけで、たぶらかして結婚に追い込んだ女なんですから」

「夫を愛する良妻なら、モーツァルトを三十五歳の若さで死なせるはずがありませんし、再婚するはずもありませんよ」

老夫婦は自信たっぷりに言った。研究熱心なファンは想像力も豊かだった。会ったことのない人のことを、さも長年の知り合いのように話す。

「彼女は再婚相手のニッセンには立派な墓を作ったというのに、偉大なモーツァルトには墓を作るどころか、こともあろうか共同墓地に埋葬し、何年も墓参りにも行かなかったそうじゃないですか」

「ザルツブルクにモーツァルトの記念像を建てることにも、最後まで反対していたそうですよ。私たちがモーツァルトのお墓に花を捧げることすらできないのは彼女のせいです」

ファンの間ではモーツァルトの死を巡り、多くの議論が交わされているという。

コンスタンツェが出版に携（たずさ）わった『モーツァルト伝』で、モーツァルトの死について回想したのは、同じく臨終（りんじゅう）に居合わせた妹のゾフィーだけで、妻である彼女はほとんど何も語っていない。

「だから、コンスタンツェに会って訊こうと思うんですよ。あの人はきっとモーツァルトの天才性をわかっていなかったと思うんです。だから、墓参りもせず、偉大な才能を失わせてしまったことに対する謝罪もないのです」

純粋なモーツァルトの信者である彼らは、純粋にモーツァルトの音楽を楽しみ、同じ純粋さで、モーツァルトに関わった人間を攻撃する。まるでコンスタンツェと結婚したから、モーツァルトは不幸になった。三十五歳の若さで死んでしまった——といわんばかりに。

フランツはコンスタンツェに同情した。彼女のもとには彼女を悪妻だと信じて疑わないモーツァルトの信者たちが絶えず訪ねてきているらしい。彼らに対応するのは、並大抵のことではないだろう。

老夫婦は追い打ちをかけるように言った。

「知っていますか？　モーツァルト音楽祭のメインゲスト。コンスタンツェのごり押しで、モーツァルトの息子がピアノを弾くそうですよ」

「それは——……」

なんと答えていいものか、フランツは当惑した。

「彼女は息子まで商売道具にしているのですよ。気の毒なことに、息子は父親の才能を受け継がなかったみたいですけれどね。だから、ああいう噂が立つのかもしれませんが——」

老夫婦の言葉にフランツの胃がきりきりと痛んだ。噂の内容はフランツも知っていたが、これ以上のことは何も聞きたくなかった。

（コンスタンツェに会うつもりなら、この二人と近いうちに再会するかもしれないが）

会釈をし、立ち去ろうとすると、「ああ、お待ちください」と老夫婦に呼びとめられる。

「お名前を伺っておりませんでした。せっかくのご縁ですから、お聞かせいただけませんか？　演奏会を行われるなら駆けつけますよ。あなたのお名前は？」

フランツは踵を返した。意を決し、答える。

「僕は――モーツァルトです」

「モーツァルト？」

目を瞬かせる老夫婦にフランツは言った。

「ヴォルフガング・アマデウス・モーツァルトです」

二　コンスタンツェ

「あなたがモーツァルトだなんて……ご冗談でしょう？」

モーツァルトと名乗ったフランツにどう対応していいものか、老夫婦は困惑したようだった。

その反応を見て、フランツは苦笑する。先ほど、老婦人はもう一人のモーツァルトの存在について自分で話した。が、その人物とフランツが同一人物であるということには、考えが及ばないようだった。モーツァルト信者からすると、彼らにとっての「モーツァルト」はこの世に一人しか存在しないからかもしれない。

怪訝そうな顔をする老夫婦にフランツは明るく説明する。これも慣れたものだった。

「営業名なんですよ。本名は別にあるのですが、母がそう名乗るように言いましてね。天才音楽家モーツァルトにあやかれるように、と。演奏会などでこの名を名乗ると、人が入ってくるのですよ」

フランツがそう言うと、やっと合点がいったというように老夫婦は微笑んだ。

「なるほど、お母さまも考えられましたね。では、それでモーツァルト音楽祭に呼ばれたのですか」

「ええ、名前だけで、腕前は本家のモーツァルトとは比べものになりませんけどね。母の期待に応えられず、残念です」

フランツは笑顔をつくった。

「モーツァルトの名は有名でも、モーツァルト二世の名は有名ではない――か」

老夫婦と別れ、歩き出したフランツは自嘲気味に呟いた。

街は、モーツァルト没後五十年記念行事に向けて、活気づいている。

ザルツブルク左岸地区の、中央にあるミヒャエル広場では、来年九月のモーツァルト音楽祭に合わせ、モーツァルトの記念像を作るという計画が進んでいるという。先ほど老夫婦が話した、コンスタンツェが建設に反対したという像はこのことなのだろう。

モーツァルトが亡くなってから半世紀。その間に欧州社会は様変わりした。フランス革命の後、ナポレオンが台頭し、失脚した。

市民社会が築かれ、かつて王侯貴族や教会に仕えていた音楽家たちは、自ら演奏会を開き、自立した生活を送れるようになった。ベートーヴェン、シューベルト、それからヴィルトゥオーゾと呼ばれる卓越した技術を持つ演奏家が現れた。ヴァイオリニストのパガニーニ、ピアニストのリスト、ショパン。ウィーンではウィンナワルツが爆発的に流行し、ヨーロッパ中に広まった。時代の変遷と共に、次々と新しい音楽が生み出されたが、モーツァルトの音楽は古びることも、消えることもなかった。とくにこの街では。

（モーツァルトの生まれ故郷ザルツブルク……）

今でこそモーツァルトの街として有名になったザルツブルクだが、モーツァルトが生きていた時代は、欧州の片田舎だった。五歳から十代半ばまで欧州の様々な都市に演奏旅行に出て、最先端の音楽を知ったモーツァルトにとって、ザルツブルクでの宮仕えは窮屈だった。彼はザルツブルク大司教と折り合いが悪く、解雇された後はウィーンに住んだ。

結婚したときに新妻コンスタンツェを連れ、ザルツブルクに戻ってきたが、三カ月滞在したのみで、その後は一度も足を踏み入れず、ウィーンで永眠した。

そのザルツブルクに二十年ほど前、コンスタンツェが移住した。大きな理由は、再婚相手のニッセンがモーツァルトの伝記を書くことを思いたったからだ。以来、彼女はこの街に住み続けている。

敬虔なカトリック教徒として、毎週日曜にはミサに行き、モーツァルトの信者が訪ねてくれば、できるかぎり受け入れ、丁寧にもてなしているという。しかし、彼女と会ったモーツァルト信者の中には、彼女の悪口を言いふらすものも多い。

フランツは先程の老夫婦のことを思い出す。

（なぜ、皆、彼女のことを誤解するのだろう。彼女が悪妻で——愛人がいたなどと……）

ミヒャエル広場に面した三階建ての、レンガ造りの建物が母、コンスタンツェの屋敷だ。先ほど別れた老夫婦を案内してもよかったのだが、その前にまず二人きりで彼女と時間を持ちたかった。

フランツがベルを鳴らすと、ややあって、扉が開いた。腰の曲がった老女が姿を見せる。

「おやまあ、誰かと思ったら、フランツじゃないの！」

コンスタンツェの一歳年下の妹のゾフィーだ。年をとって一緒に住むようになり、長年リウマチを患っている姉の身の回りの世話をしている。

「叔母さん、お久しぶりです」

「まああ、何年ぶりかしら。よく顔を見せておくれ。痩せたんじゃないの？」

子供のないゾフィーはフランツを実の子供のように可愛がっていた。

「叔母さんだけですよ。僕を本名のフランツで呼んでくれるのは」

「だってヴォルフィだなんて紛らわしいじゃないの。お前のお父さんと」

ゾフィーは目を細め、フランツを見上げた。

「お母さんは？」

「今、機嫌が悪いみたいなのよ。訪ねて来た人にまた変な質問をされたらしくてね。でも、お前が顔を見せたら、機嫌をなおすかもしれないわ」

ゾフィーはそう言って、フランツを台所に案内する。

「スタンツェル、スタンツェル！　誰が来たか当ててごらん。びっくりだよ！」

母に近しい人たちは、母を愛称で呼んだ。

屋敷の中は、物が多くてごちゃごちゃしているが、全体的に居心地よく整えられていた。

こぢんまりとした台所の、小さなひじ掛け椅子に、彼女は座っていた。

フランツの母――コンスタンツェ・ニッセン、モーツァルト夫人。

八十に届くかという年齢にもかかわらず、彼女は若々しかった。豊かな髪。意志の強そうな太い眉。モーツァルトが愛したというほっそりとした肢体は、フランツが物心ついた頃から変わらない。頭もしっかりしており、こまごまとした事務作業を日課としていた。

フランツの存在に気がつくと、彼女は老眼鏡をはずし、手紙に署名をする手を止めた。

「まあ、ヴォルフィ。そろそろ来る頃だと思っていたわ。音楽祭の打ち合わせをする時期だもの」

コンスタンツェはフランツに向けて腕を広げる。彼女はいつも、フランツを父と同じ愛称で呼んだ。

「お前の顔を見るのは何年ぶりかしら。お帰り。私のヴォルフガング・アマデウス・モーツァルト二世」

「ただいま、お母さん」

成人してからフランツはほとんど彼女と会っていない。三年前にウィーンに戻ってくるまで、フランツはオーストリア領ポーランドのレンベルク（現ウクライナのリヴィウ）で二十年以上生活し、音楽教師の仕事をしたり、欧州の各都市に演奏旅行に出かけたりした。

フランツは近寄り、皺が増えた母を抱擁し、頬にキスを交わす。彼女の体はすっかり骨ばって薄くなっている。

「ピアノは調律してあるわ。好きなときに弾いてちょうだい。モーツァルト音楽祭に記念演奏会、皆、お前の演奏を楽しみにしているそうよ。今もほら、大勢の人に招待状を手配しているのよ」

「お母さん、僕は――」

「なにかしら?」

母の、期待に満ちた目を見ると、フランツは言いたいことが言えなくなってしまう。

(音楽祭の辞退の話はあとまわしにしよう)

「いえ、ありがとうございます。お母さん」

フランツの胃がちくりと痛んだ。

(音楽祭を辞退すると伝えたら、お母さんはどういう反応をするだろうか――)

彼女はいつもフランツのことを考えてくれ、こうして温かく出迎えてくれる。先ほど老夫婦から聞かされた悪妻コンスタンツェと、目の前にいるコンスタンツェが同一人物とは、フランツには到底思えなかった。本当に彼女は、皆が言うような悪妻なのだろうか――。

「モーツァルト夫人、コンスタンツェ」

　彼女は公にそう名乗り、そう署名した。実際に彼女がモーツァルトの妻であった期間は九年にすぎない。再婚相手のニッセンと生活した期間の半分だ。それでも、彼女は今なおモーツァルト夫人として扱われている。

　彼女は老眼鏡をかけ、台所のテーブルで手紙に署名していた。

　体全体を覆う、何重にも布を重なり合わせたドレス。頭をひも付きのボンネットで覆っているが、のぞく髪はすべて白髪で、肌には深い皺が刻みこまれている。もともと小柄ではあったが、しばらく見ない間に、ひとまわり小さくなったように感じられる。

　彼女は、年齢を考慮すると、同年代の人たちよりはるかに若々しくはあったけれど、フランツが予想していた以上に老いていた。叔母のゾフィーから再三、コンスタンツェに会いに来るようにとの手紙はもらっていた。が、フランツは彼女と会うたびに老いを感じてしまうのが嫌で、先延ばしにしてしまった。

「今日は、訪問客が多い日だこと。ヴォルフィの信奉者が何人も訪ねてきたのよ。訊かれることはいつも同じだけど」

　動きは緩慢であるが、コンスタンツェの口調はしっかりしていた。

この屋敷は、あたかも小さなモーツァルト博物館のようだとフランツは思った。モーツァルトの肖像画が飾られ、モーツァルトが弾いたクラヴィーアが置かれている。作曲に使った五線紙にインク壺。楽譜。彼の遺品や彼にゆかりのある品で埋め尽くされている。モーツァルト信者にとっては夢のような空間だろう。

フランツは今日、馬車で乗り合わせた老夫婦の顔を思い浮かべる。彼らはフランツの正体を知らなかったからこそ、忌憚なく思うことを話してくれた。コンスタンツェを悪妻だと言い、いかに悪妻であるかを語った。彼らに悪気は一切ない。ただ、モーツァルトを崇拝しているだけだ。

（この場所は、ときに母にとって、裁判所のようなところになるのだろうか）

母のことを思うと、フランツの胸はしめつけられる。

父の思い出の品に囲まれた幸せな空間で、母は何も知らない信者たちから糾弾されているのかもしれない。信者たちにとって、モーツァルトこそが善であり、正義である。不思議なことに、彼らはモーツァルトの欠点には目もくれない。変人や奇人であればあるほど、天才の証だと喜ぶ。彼が愛人を作っても、多額の借金を残しても、悪いのはすべて、コンスタンツェだと言わんばかりだ。

いわれのない中傷に、母は長年耐え続けている。信者たちとの会話の内容を彼女がフランツに話すことはないけれど――。

「疲れたでしょう。私がゲオルクとここに引っ越したときも大変だったのよ。それはもう長旅で」

　コンスタンツェは、皺だらけの顔をほころばせ、少女のようにころころと笑った。

　コンスタンツェの再婚相手であるゲオルク・ニッセンは、フランツにとって実の父のような存在だった。彼はデンマークの元外交官で、モーツァルトの信奉者だった。その彼は伝記の執筆に半生を捧げ、十五年前に亡くなった。二人の結婚のなれそめについて、フランツは詳細を知らない。叔母のゾフィーからは「生活のため」と聞かされていた。

　ニッセンと再婚したこともコンスタンツェが悪妻と呼ばれる理由の一つであるが、この時代、子持ちの寡婦(かふ)が一人で生活していくのは難しく、再婚は珍しいことではなかった。ニッセンがいなくては、手に職がなく、世間知らずのコンスタンツェ一人ではモーツァルトの未発表の大量の楽譜を持てあまし、財をなすことはおろか、残された手紙や資料の整理もできなかっただろう。

「お腹はすいてない？」

　コンスタンツェは黙って突っ立っているフランツを見て、椅子から立ち上がる。若いときからリウマチを患っている彼女の歩き方は、危なっかしい。

「大丈夫です。最近、食欲がなくて……」

「スープがあるわよ。お前のお父さんが子供のときに好んでいたスープよ」

「お父さんが好んだスープ？」

「ええ、ゲオルクと一緒にお義父さまの書簡を整理していたときに、レシピを見つけたの」

世間では悪妻と言われ、悪い噂が飛び交っているが、こうして本人と対面すると、それらはすべてでたらめにしか思えない。ニッセン夫人となった後も、彼女は前夫モーツァルトを大切に想い、かいがいしく夫と子供たちの世話をやいた。善き妻であり、善き母だった。そして、職が途切れがちなフランツに、仕事を回してくれようとする。

フランツは鍋をのぞいた。

「このスープ、お母さんが作ったのですか？」

世間では悪妻コンスタンツェはろくに家事もせず、浪費ばかりしていたという噂が立っているが――。

「ええ、ヴォルフィの生前はろくに厨房に立たせてもらえなかったのだけどね。ヴォルフィと結婚して生活した九年間、私はほとんど身重で、六人もの子供を産んだんだもの」

その六人の子供のうち、無事に育ったのは末のフランツと、兄カールの二人だけだった。

「ヴォルフィは私の体を気遣って、料理人や女中を雇ってくれたのよ。だから、彼が生きているときは、料理を作る必要がなかったの。でも、下宿屋の娘だから、私も一通りのことはできたのよ。世間では誰も……そうは思ってくれないようだけど」

コンスタンツェは竈(かまど)に火をいれ、鍋をあたためる。

この家の生活ぶりは悪くなかった。モーツァルトの楽譜の版権や印税のおかげで、コンスタンツェはモーツァルトが負った借金をすべて返済した。遺(のこ)された二人の子供を育てるため、生活のためにお金は必要だった。しかし、モーツァルトの遺産を切り売りしたせいで、彼女は夫を商売道具にしたとして、モーツァルト信者の批判を浴びることとなった。が、彼女は沈黙したままだ。息子のフランツからすると、反論しない母の態度は、もどかしく思えて仕方がなかった。

コンスタンツェはスープ皿をテーブルに置いた。

「ヴォルフィは子供の頃、病弱でよく体を壊したそうで、お義父さま――お前のおじいさんは様々な料理本を研究して、食餌療法(しょくじりょうほう)を行っていたらしいの」

細かく切ったパンの上にスープがかけられる。サワークリームの酸(す)っぱい香りと、細かく刻んだフェンネルの独特の香りが食欲をそそった。

スプーンで口に運ぶと、素朴(そぼく)でやさしい味が長旅に疲れた体にしみわたる。

「そうそう、せっかくお前が帰ってきたのに、よくない知らせがあるのよ」

　コンスタンツェはそれまで読んでいた手紙をフランツに手渡す。

「ヴォルフィの没後五十年を記念して、『モーツァルトを記念した建物（モーツァルテウム）』というのができるそうなの。音楽大学のようなものなのだけれど」

　モーツァルトの楽曲や人となりを後世に伝えるべく楽譜や手紙の収集、保管場所として、また古典音楽の演奏を活発にすることを目的に設立されるという。

「私としたことが、お前の売り込みに失敗してしまったのよ。お前こそ責任者（カペルマイスター）にふさわしいと思っていたのに」

　フランツはスプーンを持つ手を止める。

「お母さんは僕をモーツァルテウムの初代学長に推薦（すいせん）したんですか？」

「ええ、なにを驚くことがあるの」

「それはいくらなんでも無茶ですよ。僕はザルツブルクの人間ではありませんし」

「そんなことはないわ。ヴォルフィの息子のお前が学長をするのが一番ふさわしいはずよ。お前は立派な演奏家――ヴォルフガング・アマデウス・モーツァルト二世なんだもの」

　二十九歳で寡婦となったコンスタンツェはモーツァルトが作った借金を返すために、なりふり構わず、できる限りの手を尽くした。その一つが、息子のフランツを神童モーツァルト二世として売り出すことだった。彼女はフランツに楽器を習わせ、作曲をさせ、モーツァルトと生前交流のあった人々を頼り、欧州へ演奏旅行に出した。

人々は物珍しがり、また早くに父を亡くしたフランツに同情し、好意的に見てくれたが、演奏会の評価はかんばしくなかった。

フランツに才能がまったくなかったわけではない。フランツが師事したサリエリやフンメルはフランツの演奏能力を認め、称賛した。ただ、「モーツァルト」の看板を掲げると、人々の期待値は信じられないほど上がる。その期待を満足させられるほどの才能がフランツになかっただけの話だ。

フランツは委員会からコンスタンツェに宛てられた手紙に目を通す。

思ったとおりの内容だ。慇懃な文体で、フランツがモーツァルテウムの責任者に適さない理由が書かれていた。健康状態が思わしくないこと、フランツが国際的な活躍をしていないこと――。

「ヴォルフィ、ここまで旅ができたのだから、健康状態には問題ないでしょう？　委員会の人も、音楽祭でお前の演奏を聴けば、納得してくれるはずだわ」

「お母さん、僕は――」

これまでありがたいと思ってきた母の善意の行為が――なぜかこのとき、急に肩に重くのしかかった。年をとった母に申し訳なくもあった。息子への愛情ゆえに、彼女は時折、周囲が見えなくなることがある。このようなごり押しを続けるから、彼女は世間から人間的に問題がある――悪妻だと言われ続けるのかもしれない。

委員会が言ってきたことはもっともだ。健康状態もそうだが、何よりフランツは今、五十をすぎている。モーツァルトが亡くなった年より、十五年も長く生きているにもかかわらず、代表作はない。この歳で今から国際的に活躍することなどありえない。

「ヴォルフィ、音楽祭では何を弾くの？　得意の二短調のピアノ協奏曲？　練習する時間は十分にあるわよね。実際の演奏を聴いてから判断するよう、委員会にかけあうわ」

「いいえ、お母さん……」

フランツは首をふった。母の顔を見ると、決心が鈍るが、今、言い出さないといけない。このために、ザルツブルクに来たのだから。

「僕は――音楽祭を辞退しようと思うのです」

「どうして？」

コンスタンツェの口調は、わずかに怒りを含んでいた。モーツァルト音楽祭にフランツを出演させるために、骨を折ったのだろう。

「僕はその場にふさわしくないと思うんです」

「ヴォルフィの音楽祭で息子のお前が弾かなくてどうするの?」

「ですが――」

「私に任せてちょうだい」

コンスタンツェはフランツを慰めるように言った。

「大丈夫よ。お前は間違いなく、天才モーツァルトの息子なのだから――」

彼女はその言葉が、時として息子の重荷になることを知らなかった。

＊＊＊

ザルツブルクの夜は静かだ。

薬を飲み、ベッドに身を横たえたフランツは、目を閉じ、昔のことを思い出す。

フランツ・クサーヴァー・ヴォルフガング・モーツァルト。これがフランツの本当の名前だった。父モーツァルトが唯一、フランツに残してくれたものだ。

(なぜ、お父さんは僕をフランツ・クサーヴァーと名付けたのだろう)

今では叔母(おば)のゾフィー以外にこの名前でフランツを呼ぶ人はいない。

あれはいつだっただろう。

——お前は今日からヴォルフガング・アマデウス・モーツァルトと名乗りなさい。

まだフランツが物心つくかつかないかの頃、母コンスタンツェはそう言ってフランツを改名させ、父モーツァルトの「ヴォルフィ」の愛称で呼ぶようになった。

無事育った二人の息子のうち、母は兄より弟のほうが音楽の才能があるとみて、フランツに熱心に音楽教育を施した。

子供の頃のフランツは、神童モーツァルトのように、耳で聞いたオペラのアリアをそのまま歌えたり、初見でピアノが弾けたりした。少し音楽をかじれば、誰にでもできることだったが、母は大げさにとらえ、息子に期待をかけた。

——お前こそ、モーツァルト二世と呼ばれるにふさわしいの。その資格があるのは、実の息子であるお前だけなのよ。

母は父と交流のあった音楽家を頼り、フランツに音楽教育を施し、フランツを各方面に売り込んだ。髪粉をふりかけた鬘にふっくらとした顔、宮廷服のような衣装。楽譜を手にした愛らしい容姿のフランツを見て、好意的に受け入れてくれる人もいた。

——おお、この小さい坊やは、お父さんのヴォルフガング・アマデウス・モーツァルトと同じ名前なのですね。

——まるで神童モーツァルトの再来のよう。

人々の期待に満ちた目は、フランツが演奏をはじめた瞬間、戸惑いに、そして落胆に変わる。幼いフランツに気をつかってか、彼らはフランツの前で本音を語ることはなかったが、演奏後、彼らの顔を見ると、聞こえないはずの声が聞こえてくるようだった。

——ああ、残念。この子も名前だけ。やはり、モーツァルトは世界に一人しか存在しないのですね。

フランツはフランツなりに精一杯演奏をしたつもりだ。しかし、「モーツァルト」の名前ゆえに、人々は過大な期待を寄せる。それに応じることはできなかった。

「モーツァルト二世」と名乗ることは、フランツにとって負担だった。けれど、年をとった今ならわかる。その名前は、生きるために必要だった。父モーツァルトは多額の借金を遺して亡くなった。その借金を返すために、手段は選べなかった。

「モーツァルト二世」の名前を冠した演奏会で、一家は一定の収入を得た。だから、母コンスタンツェの考えは間違ってはいなかったのだろう。彼女には、モーツァルトにない商才があった。しかし——。

——あの子は本当にあの天才モーツァルトの子供なのでしょうか。天才の子が天才とは限らないといいますけれど。

ふとしたときに思い出される観客の顔、扇の後ろの囁きは、フランツの体を竦ませる。

——モーツァルトの息子がピアノを弾くそうですよ。コンスタンツェのごり押しで——。

今日、馬車に乗りあわせた老夫婦の言葉が頭の中に浮かぶ。また胃がきりきりと痛んだ。こういう言葉をかけられるのは初めてではない。慣れたはずなのに、年をとると心が脆くなる。

ザルツブルクの、母コンスタンツェの屋敷には伯父ランゲが描いたモーツァルトの肖像画が飾られている。大きな目、自信に満ちた鷲鼻。品のある表情をした彼は、クラヴィーアに真剣なまなざしを注いでいる。顔以外の箇所は未完成だが、その肖像画は、どの肖像画より、モーツァルトを表現しているとの評判だった。そのモーツァルトと、フランツの顔は驚くほど似ていない。モーツァルトの地毛は金髪だが、フランツは母親に似て黒髪だ。自信たっぷりのモーツァルトに対し、フランツの顔は、どこかぼんやりとして、自信のなさがあらわれている。演奏もそうだった。下手ではないが、これといった特徴がない。そのため、モーツァルト二世と名乗らなければ、モーツァルトの息子だと気づいてもらえないほどだ。せめて、もう少し音楽の才能があれば——とフランツは何度も思った。才能さえあれば、余計な中傷に悩まされずにすんだ。モーツァルトの息子であることを疑われることもなかっただろう。

一方、母コンスタンツェは世間の中傷や疑いに対し、一切の反論も言い訳もしなかった。

やましいことがないから語る必要がないと言われればそのとおりなのだが、彼女のその毅(き)然(ぜん)とした態度は、立派である反面、人間として冷たく感じることもあった。

彼女が誤解されるのは、あまりに語らなさすぎるからだとフランツは思った。彼女は世間に対してだけではなく、息子のフランツにも語らなかった。だから、フランツも、父の死の真相を知らなかった。自分の出生の秘密も。

そうしていつの間にか半世紀が過ぎてしまった。胃の痛みに耐えながら、フランツは考える。このまま何も知らず、一生を終えていいものだろうか――と。

「うまいもんだね。そうやって弾いているのを見ると、ヴォルフィを思い出すよ」

居間でクラヴィーアを弾いていると、ゾフィーが入ってきた。

モーツァルトが子供の頃に使ったというクラヴィーアは、今の改良されたピアノフォルテと違い、鍵盤(けんばん)が五オクターブほどしかない。

「ヴォルフィも皆の前でよく弾いてくれたもんだよ」

「どんな曲を弾いたんですか?」

「即興でなんでも弾いていたよ」

「なんでも？」

「ヴォルフィは子供のようなところがあったんだよ。おならの歌とか、お尻を舐めろなんて曲とか。好き放題やっていたね」

フランツは笑い、ゾフィーが淹れてくれたコーヒーを受け取った。

「想像できませんね。そういう人とお母さんがうまくやっていたというのも」

「うまくやっていたよ。あの二人はお似合いだった」

「世間ではそう思われていないようですけれど――」

フランツはカップに口をつけ、言った。

「世間は世間だよ。何を言っても好き勝手言うものだよ。フランツ、お前だけは、母親を信じてあげないといけないよ。兄のカールが別の道に進んで以来、お前だけがスタンツェルの生きがいなのだから」

「ええ……。わかっています」

その母コンスタンツェは、朝からどこかに出かけていた。フランツの売り込みに行ったのは間違いなかった。フランツはこの歳になっても、年老いた母に面倒ばかりかけている。

ザルツブルクまで来たのに、なかなか胸の内を打ち明けられない自分がはがゆかった。

「フランツ、どうかしたのかい？」

溜息をつくフランツにゾフィーが訊いた。

「いえ、なんでも……」

「なんでもないという顔じゃないよ。顔色も悪いじゃないか」

フランツは逡巡（しゅんじゅん）し、答える。

「お母さんは――なぜ、僕にすべてを明かしてくれないのだろうと思ったのです」

「すべてを？」

「お父さんの晩年のことを含め、すべてです。僕はお母さんを信じています。お母さんが真相を語ってくれれば、僕は微力ながら、それが真実だと世間に訴え、彼女の名誉を回復するお手伝いができると思います。ここに来る前に『モーツァルト伝』を読みました。お母さんはなぜ、モーツァルト信者が知りたがっている――お父さんの死について、詳細を語らないのでしょう」

「スタンツェルは語りたくないのだろう。無理強（じ）いすることはないじゃないか」

「ええ、つらい思い出だから、思い出したくないのだろうとも思いました。子供の頃、一度、お父さんが亡くなったときのことを訊いたことがありますが、そのときは……泣かれてしまいました。それ以来、訊くのはよくないことだと思い、訊かずじまいです」

「そんなことが……」

「僕はそのときのことをはっきり覚えています。僕を抱きしめながら、お母さんは、世の中には知らないほうがいいことがある──と言ったのです。知らないほうがいいこととはどんなことでしょう。まさか、本当に…お母さんは世間に顔向けできないことをしたのでしょうか……」

「スタンツェルがそんなことをするはずないじゃないか。フランツ、考えすぎだよ」

「叔母さん、僕はときどきわからなくなるのです。お母さんが僕のために行動してくれているのはわかっています。けれど、それが──正しいことなのかどうかわからないのです。『モーツァルト伝』を出版したことも、僕を売り込みに行くのも──。なぜ、お母さんは世間から誤解を招くようなことを続けるのでしょう。叔母さんも何か知っているのではないですか？　なぜ、隠すのですか？」

「フランツ、スタンツェルを疑ってはいけないよ。スタンツェルがやっていることは、すべてお前のためなんだから」

「自分の評判を落とす伝記を出したのも──ですか？」

フランツの言葉にゾフィーはうなずいた。

「そう、すべてはお前のためなんだよ。お前がヴォルフィの子供だから」

フランツはザルツァッハ川沿いにザルツブルクの街を歩く。どこを歩いてもモーツァルト一色だ。来年のモーツァルト音楽祭、モーツァルト作品の演奏会、公演のポスターが目に飛び込んでくる。ぶらりと入ったカフェハウスでも、人々はコーヒーを飲みながら、モーツァルトについて語り合っていた。

「なあ、モーツァルトの死因がいまだに不明っておかしくないか？」

「モーツァルトは死ぬ前に、死の世界から来た使者が自分のレクイエムを依頼したと言ったそうじゃないですか。このとき既に毒におかされていたのではないですか？」

この逸話はコンスタンツェがモーツァルトから聞いた話として、『モーツァルト伝』に書かれている。モーツァルトはコンスタンツェに、自分は毒薬のアクア・トファナを盛られていると語ったこともあったそうだ。

「毒殺なら、イタリア人音楽家で、ウィーンの宮廷楽長だったアントニオ・サリエリがあやしいかと思いましたがね。サリエリとモーツァルトの確執話は有名ですし」

フランツはこの店に入ったことをたちまち後悔した。聞きたくなくとも、彼らの話は耳に入ってくる。

サリエリ暗殺説は、一八三〇年にロシアの文豪プーシキンが書いた『モーツァルトとサリエリ』という戯曲で有名になった。この説はサリエリがまだ生きていた一八二〇年代のウィーン社交界でまことしやかに囁かれており、サリエリの教え子であるベートーヴェンの演奏会でも「サリエリがモーツァルトを暗殺した」というビラがまかれることもあったという。サリエリは人々の中傷を浴び、一八二五年に亡くなった。

しかし、サリエリに師事したフランツは知っている。サリエリは温厚な人格者で、殺害を企てるような人間ではない。それにモーツァルトの生前、宮廷楽長だったサリエリはモーツァルト以上に人気が高かったという。地位も名誉もあるサリエリがモーツァルトを殺す理由はなかった。

「いや、毒殺だとしたら、犯人は間違いなくコンスタンツェでしょう」

と誰かが言った。母の名前が挙がり、フランツの心臓が跳ねる。

「モーツァルトの葬儀に参列しなかったのが証拠です。夫が死んで十七年間も墓参りをしなかったのは、心にやましいことがあったからですよ。現に『モーツァルト伝』で自分に都合の悪い箇所をかなり改竄したそうじゃないですか」

「晩年、モーツァルトが借金の返済に追われたのは彼女の浪費が原因だと言われていますよね。高級保養地のバーデンに入り浸っていたそうじゃないですか。夫を借金苦で死なせておいて、その夫の遺産で今はずいぶん贅沢な生活をしているそうですよ」

「彼女が殺したのだとしたら、動機はモーツァルトが姉のアロイジアと浮気をしていたのが許せなかったんじゃないのか？　女はカッとなると何をしでかすかわからないからな」

下卑た笑いが店に響き、フランツは気分が悪くなった。

なぜ彼らは母を中傷するのだろう。なぜよく知りもしない女性を槍玉にあげ、面白おかしく、憶測話で楽しめるのだろう。彼らの話している内容は嘘だと大声で言ってやりたい。しかし――フランツ自身も、本当のことを知らないのだ。

モーツァルトの妻コンスタンツェが出版した『モーツァルト伝』の影響は大きかった。ところが、その伝記では人々が知りたいと思っていた謎は何ひとつ解明されなかった。謎はむしろ、増えたと言っていいだろう。結果、人々は好き勝手な説を唱えはじめた。

叔母のゾフィーは母が伝記を出版したのはフランツのためだったと話したが、謎を増やす伝記の出版に何の意味があったのだろう。何がフランツのためだったのだろう。

母が本の売上げを期待していたというのなら、完全な失敗だった。豪華装丁の高額な伝記は庶民には手が届かず、購入できたのは王侯貴族や富裕層、研究者に限られた。しかも、売れ行きがかんばしくなかったため、最終的に本の版権を出版社に売り渡すことになった。しかし、本は売れずとも内容だけは口伝えに広まっていった。人々の好奇な感想や憶測を幾重にもまとって。

「コンスタンツェはモーツァルトの弟子のジュースマイヤーと保養地バーテンで浮気をしていたという噂もありますよね」

下品な笑いはおさまらず、フランツは席を立った。

腹立たしくて仕方がなかった。なぜ、母は真相を話さないのだろう。


翌朝。昨夜、遅く帰ってきたフランツは洗面所で顔を洗う。ここ最近、食欲がなく、胃のむかつきがとれない。疲れを感じると、立ち上がれないこともある。母と叔母の前で健康なふりをすることにも疲れた。

(今日こそ、話をしなければいけない)

フランツは身なりを整え、台所に向かう。昨日、多くの人の話を聞いて、フランツの心は固まった。台所にいたのは、幸い母コンスタンツェだけだった。

「ああ、ヴォルフィ、起きたの」

彼女はまた忙しく手紙を書いていた。

「朝食後、お前をモーツァルテウムの委員会に連れていきますからね。その前にこれを書き終えないと」

「手紙を書いているのですか？」

フランツはコンスタンツェの手元に目をやった。

「ええ、返事をね。音楽祭があるというので、皆、同じことばかり訊いてくるのよ。ヴォルフィの墓はどこにあるのか。なぜ、知らないのかって。どうして皆、お墓のことばかり興味を持つのかしら。ヴォルフィは自分の墓参りなど望んでいなかったでしょうに」

フランツは、テーブルの上のフルーツを自分の皿の上で切った。

「……お母さんは本当にお父さんの埋葬場所を知らないのですか？」

「昔、一緒に墓地に行ったときに探せなかったでしょう？　これまで皆にお話ししてきたのと同じ返事をするだけよ。当時、私は寝込んでいたので何も覚えていない――とね」

（本当に彼女は何も知らないのだろうか――）

フランツはコンスタンツェの顔を見る。五十年前――確かに遠い昔のことではあるが、彼女はフランツが生まれたときのことは詳細に記憶している。それなら、その四カ月後の夫の葬儀のことも覚えているのではないだろうか。

母が父の死に沈黙してきた理由をフランツはずっと考えていた。世間の噂を信じたくはない。けれど、もし、その噂の中に真実があるとしたら――。

「ヴォルフィ、ゾフィーから聞いたわ。昨日は外出したそうだけど、ピアノの練習はどうしたの？　私が注意しないといけない年齢じゃないでしょう。音楽祭で皆をあっと言わせないといけないのに」

「……お母さん」

フランツは深呼吸し、切りだした。神に祈るような気持ちで。

「僕は音楽祭に出ません。辞退します」

コンスタンツェの動きが一瞬止まった。

「どうしたの？」

「もっと早く話しておけばよかったです。実は……体調が思わしくないんです。胃が悪いのです。医者にカールスバートでの静養をすすめられました。ザルツブルクには、その途中で立ち寄ったのです。明日にはここを発つもりです」

「胃が悪いって……。ちゃんとした医者には診せたの？　ウィーンの医者には……」

「……もってあと一年だそうです。ですから、本格的な演奏会活動は無理だと思います」

「そんな……」

コンスタンツェは狼狽した。

「お母さんが尽力してくださっているときに心苦しいのですが、僕にはモーツァルテウムの学長も無理でしょう。最後にお母さんに会いに来たのです。会って、話をしようと思ったのです。お母さんが僕に話さなかったことを──聞いておきたいと思ったのです」

　フランツは長年コンスタンツェと会っておらず、これまで会話らしい会話を持ったことがなかった。

「何を……聞くというの？」

　コンスタンツェはおずおずと訊いた。彼女はこれからフランツが尋ねることを察知し、警戒しているようだった。

「僕と同じ名前のフランツ・クサーヴァーについてです」

「……ヴォルフィの弟子だったジュースマイヤーのこと？」

　フランツはうなずいた。モーツァルトの晩年の弟子といわれるジュースマイヤーも、モーツァルトの死と同様、謎が多い人物だ。作曲家としてはモーツァルトの未完の大作「レクイエム」を完成させた人物として名高く、一八世紀後半、ウィーンの音楽界で活躍した。しかし、彼はモーツァルトに弟子入りする前は、ウィーンの宮廷楽長のサリエリに師事していた。なぜサリエリのもとを去り、当時、落ち目だったモーツァルトに近づいたのか、その動機が不明だった。サリエリがジュースマイヤーを使ってモーツァルトを毒殺したのではないかという説が出たこともある。

「なぜ、僕と彼は同じ名前なのですか？」

「単なる偶然よ」

「グリージンガーはそうは思っていなかったようですけれど」

「グリージンガー……」

コンスタンツェは小首をかしげる。

「覚えていませんか？　お父さんの墓参りに一緒に行った人ですよ」

そう付け加えると、コンスタンツェはやっと思い出したようで、顔色を変えた。

そう。確かあれは三十三年前、フランツが十七歳のときだった。フランツは一度だけ、母と共に父が埋葬された墓地を訪れたことがある。

墓参りのきっかけは、母コンスタンツェを訪ねてきたザクセン公使館員グリージンガーに説得されたからだった。グリージンガーはモーツァルトと親交のあった音楽家ハイドンの友人で、一八〇九年にハイドンが亡くなった後、彼の伝記を書いた人物である。

母は墓参りの誘いを一度は断った。が、グリージンガーは母に対し、夫の墓を十七年間も放置し、一度も墓参りをしていないのは、世間体を考えるとよくないことだと熱心に説き、墓参りの口実にフランツの名を出した。

「息子さんを一度も墓地に連れて行っていないなど、どうかしていますよ。モーツァルト二世とおっしゃいましたね。あなたも見てみたいですよね？　お父さんのお墓を」

「はい」

フランツが父親の墓を見たいと思っていたのは事実だ。が、母の手前、これまで言い出せなかった。正直にそう答えると、グリージンガーは「そうでしょう」とにこやかに笑い、母から承諾（しょうだく）の言葉を引き出した。

その墓参りにはモーツァルトの信奉者であり、後に母の再婚相手となるゲオルク・ニッセンも行くことになった。

モーツァルトが埋葬された聖マルクス墓地は、ウィーン市内から約五キロ離れた郊外にある。モーツァルトが亡くなる七年前にヨーゼフ二世の命令でつくられた比較的新しい墓地だ。

「お父さんのお墓はどちらでしょうね」

墓地に着いてからも、グリージンガーはフランツに親密な態度をとった。

中央に設（しつら）えられた並木道を歩くと、朝露に湿った草のにおいがし、鬱蒼（うっそう）と生い茂る樹木に隠されるように、十字架が立てられ、生没年や名前が刻まれた墓石が並んでいた。

正装を着せられたフランツは神妙な面持（おもも）ちで墓参りにのぞんだが、その日、結局、モーツァルトの埋葬場所を探し当てることはできなかった。モーツァルトが埋められた共同墓穴に墓碑（ぼひ）はなく、当時の墓掘人はとっくにこの世を去っていた。墓地の関係者に訊いて知り得たのは、一七九一年に埋葬しただろう場所がどの辺りかということだけだった。

落胆したフランツをグリージンガーはやさしい言葉で慰めた。

しかし、時間が経過した今ならわかる。墓参りを提案したグリージンガーの本当の目的は別のところにあったのだろう。

「モーツァルト夫人にお訊きしたいと思っていたことがありましてね」

野花が咲く墓地を散策しながら、グリージンガーは母に話しかけた。

「わが友ハイドンはご主人の才能を認め、尊敬していました。彼はご主人の遺骸が行方不明であることを非常に愁いていました。なぜ、ご主人のような天才音楽家が最下等の——第三等の共同墓穴に埋葬されることになったのでしょうか?」

彼は一貫しておだやかな物腰だったが、彼の周囲の空気はどことなくはりつめていた。そう、今にして思えば、その空気は裁判所の法廷を思わせた。

被告席に立つのは母コンスタンツェ。グリージンガーは彼女の罪を責める検察官。傍聴席でなりゆきを見守っているのは墓の下の死者たちだ。グリージンガーは父が眠る場所で真実を聞き出そうとしたのだろうが、

「さあ、私には……。ヴォルフィが庶民だったからではないでしょうか」

母はやんわりと答えた。

当時の葬祭法令によると、第一等の葬儀は貴族に限られ、庶民は第二等か第三等しか選択できなかった。

「例外もありましたよ」とグリージンガーは母に言った。

「遺族の希望があれば、庶民でも第一等の葬儀を行うことが可能だったはずです。ご主人の三年前に亡くなった同じ音楽家のグルックは国葬の扱いでした。あなたは偉大な音楽家である夫のために、より格の高い葬儀を請願することができたのではないですか？」

「なにも申し上げられません。ヴォルフィは教会葬にも、葬儀の等級にもこだわっていませんでした。ほかの方にも何度も申し上げましたが、ヴォルフィが亡くなったとき、私は体調を崩していたので、すべての手配をスヴィーテン男爵にお任せしました。私が申し上げられるのはそれだけです」

スヴィーテン男爵は、モーツァルトが不遇に陥ったときも彼を見捨てず、モーツァルト主催の予約演奏会に申し込んだ人物として知られている。モーツァルトの、貴族側の数少ない理解者の一人だった。が、彼はこの墓参りの五年前にこの世を去っていた。

「だからこそ奇妙なんですよ。第一等の葬儀費用はおよそ三十一フローリン――役人の一、二カ月分の給料の金額です。庶民からすると高額かもしれませんが、スヴィーテン男爵なら支払えない金額ではなかったでしょう」

「わかりません。男爵には男爵のお考えがあってのことと思います」

「では、なぜ埋葬場所に目印をつけなかったのですか？」とニッセンが口を挟んだ。黙ってなりゆきを見守っていた彼も、墓のこととなるとモーツァルト信奉者として、好奇心をおさえられなかった。

「目印さえあれば、埋葬場所がわからなくなることはなかったのではありませんか？」

「十字架を立てるのは司祭の仕事だと思っていましたから、私の方からお願いすることはありませんでした。当時、私は体調を崩していましたし、ヴォルフィが亡くなって、やることが山積みでした」

いかなる事情があれ、偉大な夫の亡骸(なきがら)を行方不明にしてしまった彼女の罪は重い。モーツァルトと交流のあった人々、信者たちはそう考えていたようだ。グリージンガーは追及の手をゆるめなかった。

「では、あなたはなぜご主人が死んだことを葬儀の前に告知しなかったのですか？　ザルツブルクに住む彼の実姉にも知らせなかったそうではありませんか」

「体調を崩していたからです。三日間、家を空けていましたし。知らせようと思ったときには、すでに新聞で取り上げられていました」

「誰にも連絡しなかったのは、意図的だったのではないですか？」

グリージンガーの言葉に母は眉を顰めた。

「どういう意味ですか？」

モーツァルトが亡くなったのは一七九一年十二月五日。葬儀は翌日十二月六日の午後三時に聖シュテファン大聖堂で行われた。葬儀に参列したのは、コンスタンツェの母ツェツィーリア、妹のゾフィーを含む、ごく少数の人たちだけだった。教会での簡単な儀式の後、モーツァルトの遺体はその日のうちに聖マルクス墓地へ運ばれた。遺体の腐りやすい夏でもないのに、亡くなった翌日に、埋葬の手筈が整えられていたのである。

「手際がよすぎるのですよ。おまけになぜかその参列者の乗った馬車は、聖マルクス墓地に向かう霊柩馬車に最後までついて行かず、途中で引き返したとか」

「何がおっしゃりたいのです？」

「遺体を行方不明にしようと、全員で示し合わせていたような行動だと思いましてね」

グリージンガーはにこやかに笑った。

聖マルクス墓地の死体安置所に置かれたモーツァルトの遺体は、棺から取り出され、袋に入れられた。そして、別の遺体と共に同じ墓穴に入れられ、埋葬された。このような作業は毎日のように繰り返されていたため、遺体の行方はじきにわからなくなった。

「モーツァルト夫人、ご主人が亡くなったとき、全身に浮腫みの症状が見られたそうではないですか。毒殺の事実を隠すために、急いでご主人に死装束を着せ、遺体を聖マルクス墓地に移したという仮説は間違っていますかね？　事実、あなたも毒殺の可能性を匂わせたことがありますよね」

「アクア・トファナのことでしょうか？」

と母は言った。

「確かにヴォルフィは、アクア・トファナを盛られていると私に語ったことがあります」

「その証言が事実なら、ご主人が自分が盛られた毒をアクア・トファナと判定したのが実に興味深いですね」

グリージンガーは意味深なことを言った。

アクア・トファナは十七世紀頃から貴婦人の美白に使われた化粧水だ。名前の由来には諸説あるが、南イタリアに住むトファニーナ（トファナ）という老婆が売ったことから、その名がついたと一般的には言われている。その主な成分は亜ヒ酸――毒である。

「アクア・トファナは遅効性の毒で、女性が暗殺するのによく使われたのですよ。誰を殺すために使われたかご存知ですか？　夫ですよ。カトリック教徒は離婚が禁じられていますよね。不貞を働いた妻は、夫が死なない限り、ほかの男性と結婚できませんからね」

歳をとった今ならわかる。グリージンガーは母が父の暗殺に関与していると疑っていた。

だから、人のいない場所で、真相を訊こうと墓参りを持ちかけたのだ。

だが、当時のフランツはグリージンガーの目的を見抜けなかった。ただ、はりつめていく空気に違和感を抱いた。

「お母さん、そろそろ帰りましょう」

そう切り出したいのに、フランツの口は場の雰囲気に威圧され、動かなかった。

グリージンガーは母の手元を見やった。

「ところで、モーツァルト夫人、あなたは墓参りをするのに、花をお持ちにならなかったのですね。この墓にはご主人のほかに、お知り合いの方も埋葬されているというのに」

「私の知り合い……ですか？」

「ええ、四、五年前に亡くなったフランツ・クサーヴァー・ジュースマイヤーですよ」

このときはじめて、何を言われても無表情だった母の顔がさっと青ざめた。

「おや、ご存知なかったのですか？　彼は結核で亡くなり、この地に埋葬されたのですよ」

「知りませんでした。彼のお墓は……」

「夫の墓には無関心でも、ジュースマイヤーの墓は気になりますか？　彼もご主人と同じように共同墓穴に埋葬されたのですよ。不思議ですね。彼も音楽界で一応の成功をおさめた人間ですのに、ご主人と同様、墓碑もないとは。彼もアクア・トファナでも飲まされたのでしょうか。死は人生の最終目標と言いますから」

そのときの母は本当に気分が悪そうだった。口を手でおさえ、その場に蹲った。

「……お母さん！」

「なんでもないわ」

かけよったフランツに対し、母は気丈にほほえんだが、グリージンガーはなおも話を続けた。フランツはグリージンガーを止めるすべを知らなかった。

母の罪をあげつらねた後、彼は冷ややかに言った。

「モーツァルト夫人、あなたは本当にご主人に愛されていたのでしょうか」

その言葉は母を深く傷つけた。

そのときだった。

「もういいではありませんか」

グリージンガーと母の間にニッセンが割って入った。

「モーツァルト夫人はお疲れです。墓参りという目的は果たしたのですから、これ以上、彼女を苦しめるのはよしてください」

ニッセンの言葉で墓参りは打ち切られた。

その後、フランツたちが聖マルクス墓地を訪れることはなかった。

この翌年、母コンスタンツェはニッセンと再婚し、コペンハーゲンに移住した。その後、一度もウィーンに戻らなかったため、あれが最初で最後の墓参りとなった。

グリージンガーはその後、一八〇八年八月二十三日付の新聞で、コンスタンツェと墓参りに行ったことを匿名で記事にしたが、そこではその日行われたことが淡々と綴られただけだった。


「お母さん、あのとき、あなたはジュースマイヤーという名前にひどく動揺していました」

フランツは言った。あのときだけではない。墓参りから三十年以上経った一八四一年の今でも、動揺ぶりは変わらない。母はなにかに怯えている。

当時はわからなかったことも、時間が経過するとわかるようになる。

「お母さん、教えてください。グリージンガーが僕に見せようとした父親の墓というのは、モーツァルトの墓ではなく、ジュースマイヤーの墓のことだったのでしょうか」

「何を言うのです！」

「お母さんを疑いたくはありません。ですが――」

コンスタンツェとジュースマイヤーが共謀(きょうぼう)してモーツァルトを殺したという説もあるのは確かだ。モーツァルトの毒殺説において、一番疑わしいとされるのが身近にいた妻コンスタンツェ、それから弟子のジュースマイヤーだ。

ジュースマイヤーはモーツァルトの最後の作品、レクイエムを仕上げるために足しげく家に通っていた。そして、未完に終わったその作品を完成させた。が、それ以降、なぜか一度もフランツたちの前に姿をあらわさなかった。サリエリの弟子であったというのに、同じくサリエリに師事したフランツと会うこともなかった。

同じウィーンに住んでいたというのに、長年顔を合わさずに生活できるものだろうか。いや、不自然だ。だから、母コンスタンツェとジュースマイヤーはお互いに会うことを避けていたのではないかとフランツは思った。

仮に母がジュースマイヤーと浮気をしていたら？　その証拠がフランツだったら――？もし、不義を夫に指摘されたら、彼を殺す動機になりはしないだろうか。夫であるモーツァルトの墓に行かなかったのは、彼女自身が殺人に関わっていたから。息子である自分をモーツァルト二世と仕立て上げ、必要以上に持ち上げ、大々的に宣伝したのは――モーツァルトの本当の子供ではなかったからではないだろうか。

この仮説が事実なら、自分はモーツァルトの子ではなかっただけでなく、モーツァルトを殺した殺人者の子になる。そんな罪を抱えたまま、神のもとに召されることはできない。

「お前はヴォルフィの子よ」

絞り出すような声でコンスタンツェは言った。

「なぜ私の言葉が信じられないの。私がジュースマイヤーとそんな関係になるはずがないわ。だってあの人はヴォルフィを監視して……」

「……お母さん……？」

コンスタンツェは何かを言いかけたが、口をつぐんだ。気をとりなおし、話を続ける。

「ヴォルフィはジュースマイヤーを可愛がっていたわ。だから、いつか訪ねてくれるのではないかと思っていた。彼に話したいことがあったのに、三十七歳の若さで死んでしまうなんて思わなかった。ヴォルフィと変わらない年齢で……それも同じ墓地に埋葬されたなんて。まさかあの人が……」

コンスタンツェは「ああ、神様」と言って目を伏せた。彼女の体は小刻みに震えていた。

「なぜそこで黙るのですか。教えてください。何があったんですか」

「ヴォルフィの死について、私が話せるのは、葬儀の日に私が何をしたかということだけよ。聖シュテファン大聖堂での葬儀に参列しなかったから、誰が参列したのか、そこで何が行われたか正確にはわからないわ。体調を崩した私は、生後四カ月だったお前と共にヴォルフィの音楽仲間の家に厄介(やっかい)になったの」

「そのことですが、なぜ実家に行かなかったのですか？」

　モーツァルトの最後の住処(すみか)であるラウエンシュタインガッセの「小皇帝の家(クライネスカイザーハウス)」から、それほど遠くない場所にコンスタンツェの母の家があった。

「理由があったの」

「理由？」

「母とゾフィーが墓地に向かう途中で引き返したのと同じ理由。私たちには大至急、やらなければならないことがあったの」

「亡くなった人と最後の別れを交わすより、大切なことですか？」

「ええ、私たちにとっては……。生きるか死ぬかの大問題だったの」

　母は長く息を吐き、話を続けた。

「ヴォルフィが亡くなった年――一七九一年の七月、お前を産んだ後、私は気鬱(きうつ)で伏せっていたの。この苦しみは男のお前に話してもわかってもらえないかもしれないけれど。毎年のようにお産をして、リウマチを悪化させ、私は身も心もぼろぼろだった。ヴォルフィはそんな私を気遣い、高級保養地のバーデンに行かせてくれたのだけど、そこで温泉治療を受けても、私の容態は一向によくならなかった。そんなときに、ヴォルフィが多重債務を抱えていることが明らかになったの」

「多重債務……。借金……ですか?」

　コンスタンツェはうなずいた。

　ヨーゼフ二世治世のウィーンの宮廷で華やかな音楽家生活を送っていたモーツァルトだが、晩年の五年間は困窮し、借金を重ねて引っ越しを繰り返した。

「ヴォルフィが資産家の友人のプフベルクに借金を申し込む手紙を書いていることは知っていたけれど、ほかにも借金があるとは思いもしなかったの。彼には楽天的なところがあったから、返済期限をそれほど重要視していなかったのかもしれない。だけど、債権者の一人、リヒノフスキー侯爵がついにヴォルフィを裁判所に訴えたの。ヴォルフィは一四三五グルデンもの大金を侯爵から借りていたのよ」

「一四三五グルデン!」

　フランツは叫んだ。中流階級の年収の三年分に相当する金額だ。

「ヴォルフィが亡くなる一カ月前にその判決が出たわ。裁判所はヴォルフィの給料の半額を差し押さえ、リヒノフスキー侯爵からの借金の返済と法定費用の支払いに充てるように命令したの。ヴォルフィはリヒノフスキー侯爵がこのような手段に訴えるとは思っておらず、動揺していたけれど、この事件は私にとっても衝撃だった。ヴォルフィが私に隠し事をしていたなんて……」

　この裁判の内容はすぐに世間の知るところとなり、モーツァルトがお金に困っているという噂が広まった。

「当時、働き手である男性が家計を握るのは当然のことだった。ヴォルフィは私に負担をかけないように借金のことを黙っていたのかもしれない。だけど、借金はこれだけではなかったの。うちの家財はウィーンの商人ラッケンバッヒャーに差し押さえられることになっていたのよ」

「なぜ、そんなことに……。バーデンの滞在費ですか？　それともギャンブル？」

　コンスタンツェは首を横にふる。

　一七九〇年十月一日、モーツァルトはすべての動産を抵当に入れ、ラッケンバッヒャーから一〇〇〇フローリンを借りた。この時代、欧州では様々な貨幣が流通しており、グルデンとフローリンは等価値だった。

「ヴォルフィは二年の期日内に返済しなければ、彼の相続人もその責を負うという借用書に署名していたの。つまり、彼が死んだとしても、妻である私も、子供たちも残された債務を放棄することはできないの」

　コンスタンツェがこの借用書の存在に気づいたときには、返済期日まで十一カ月を切っていた。

「プフベルクからの借金を入れると、ヴォルフィにはざっと見積もって三〇〇〇フローリン以上の借金があったの。ヴォルフィが健康体なら返済の見込みはあったけれど、リヒノフスキー侯爵の裁判の判決が出た後、ヴォルフィは重体に陥(おちい)ったのよ」

モーツァルトの体は浮腫(むく)み、高熱でうなされ、高額報酬(ほうしゅう)を約束されたレクイエムの作曲すらままならなくなったという。

「愛する彼が自分の前からいなくなること、彼が亡くなると借金の返済ができなくなること――すべてがこわくてたまらなかった。私一人で借金を返済するなど不可能だもの。それで私は借金のことを母に相談したの。ヴォルフィの借金のせいで、実家の母や姉妹たちに迷惑をかけるわけにはいかないから。母は世間知らずで愚かな私にあきれながらも、知恵を授けてくれたわ」

「それで……どうしたのですか？」

フランツは唾(つば)をのんだ。コンスタンツェは懺悔(ざんげ)するように言った。

「私たちは――ヴォルフィの遺品を隠すことにしたの」

三　モーツァルトの借金

「お父さんの遺産を隠す？」

フランツの言葉にコンスタンツェは重々しくうなずいた。

「そう。『モーツァルト伝』に書けなかったことよ。私に対する世間の評価は間違っていないわ。私は悪妻と呼ばれても仕方のないことをした。そのことを否定しないわ。私はヴォルフィの遺産を過少に申告したのだもの」

コンスタンツェの声は震え、途切れがちになる。フランツは意識を耳に集中させた。母が自分を悪妻だと認めたことは、フランツにとってショックなことだった。

「母のところに相談に行ったとき、夫に先立たれた後の生活がいかに大変か、女手一つで子供たちを養うということがいかに難しいかということを聞かされたわ」

コンスタンツェの母、フランツの祖母にあたるツェツィーリアは、フランツが二歳のときに亡くなった。コンスタンツェの父、フリードリン・ヴェーバーは、コンスタンツェが十七歳のときに脳卒中で亡くなり、母ツェツィーリアは寡婦となった。フリードリンは元は宮廷歌手だったが、晩年は写譜や劇場の雑用係をしていた。稼ぎは少なく、彼が死んだとき、遺産といえるものは何もなかった。

この時代、女性の地位は低く、男性のように働き、稼ぐことはほとんど不可能だった。上流階級の出身でなければ、十分な教育は与えられず、大半の女性は読み書きすらできなかった。

コンスタンツェは三人の姉妹と共に父親から声楽の手ほどきを受けたが、そこにはいずれ、自分で身を立てられるようにとの父フリードリンの願いがこめられていた。当時、女性に認められた職業は、歌手、女優、音楽教師くらいだったからだ。

寡婦となったツェツィーリアは自分の老後の資金を確保しようと、計略を巡らせた。娘たちが結婚するときは「義母への年金の支払い」を条件とした結婚契約書を作成し、娘婿に署名させた。モーツァルトと三女コンスタンツェが婚約したときも、モーツァルトがコンスタンツェと結婚しない場合は、ツェツィーリアに一定の年金を払うという結婚契約書に署名させ、結婚をせまった。

「お金に汚い母のことを悪く言う人がいるのは知っているわ。母がヴォルフィを陥れたとか、天才音楽家のヴォルフィが私のような庶民と結婚したことに不満を持つ人がいまだに多いのも。けれど、母がやったことは、純粋に娘の――私の将来を心配してのことだったと今はわかる。お金がないという不安はおそろしいものよ。ヴォルフィが倒れたとき、私はそれを思い知ったの」

　モーツァルトが病の床についたとき、コンスタンツェは二十八歳、長男のカールは七歳、フランツは生後四カ月だった。動産は抵当に取られているため、期日までに借金を返せない場合は、家財道具一切を没収される。

　しかし、コンスタンツェには借金を返すすべがなかった。コンスタンツェは声楽を習ったが、二人の姉――ヨゼファとアロイジアのように一流劇場で活躍できるほどの声を持っておらず、妹のゾフィーのように女優になれるほどの演劇の才能も持っていなかった。だから、相談しに行った先で、母ツェツィーリアの話をただ黙って聞くしかなかった。

「母にさんざん無駄遣いを責められたけれど、私には私とヴォルフィが贅沢をしているという実感はなかったの。事実、家にいるときのヴォルフィの食生活はグリース粥に団子といった慎ましいものだったし、バーデン行きにしても、私は高級な宿泊施設などには泊まらず、ヴォルフィの知り合いの指揮者の紹介で民家に下宿させてもらっていたの。母に反論したいことはあったけれど、このときは時間がなかった」

　十一月二十日に診察に来た医者がモーツァルトの余命を宣告したからだ。残された時間は十日だった。

　ふと気になり、フランツは訊いた。

「お父さんは本当に毒殺されたのですか？」

「私にはわからないわ」

「なら、他殺も視野に入れて、死因の究明をするべきではないですか？」

「どうして？」

「どうしてって――。皆、真相を知りたがっているんです。お母さんが大々的に犯人捜しに名乗りをあげれば、皆こぞって協力してくれますよ」

「死因を特定したところで、ヴォルフィは帰ってこないわ」

「ですが――」

「それに、ヴォルフィはそんなことを望んでいなかったわ」

「気にならないのですか」

「毒殺されたのが真実だとしても――犯人は絶対に私たちではない。それだけは言えるわ」

　確かに彼女にモーツァルトを殺す動機はないとフランツは思った。むしろモーツァルトが死ぬことで、窮地（きゅうち）に立たされる身だ。

（では、なぜ、お父さんは「アクア・トファナ」を盛られたとお母さんに話したのだろう――。そして、なぜお母さんはそのことを本に書いたのだろう）

「お母さん、先ほど、年金の話をされましたが、お父さんはウィーンの楽友協会の会員ではなかったのではないですか？」

フランツは重ねてコンスタンツェに訊いた。楽友協会は音楽家関係者による団体だ。会員であれば、遺族に一定の年金が支給されることになっている。借金の額を考えると焼石に水かもしれないが、当面の生活ができる額が支給されるはずだった。

コンスタンツェは答える。

「楽友協会は、当時は音楽協会という名前だったわ。音楽協会の設立者はヴォルフィを支援し、葬儀を取り仕切ってくださったスヴィーテン男爵よ」

「だったらなおのこと――」

コンスタンツェは首を横にふった。

「ヴォルフィは二十代の頃に音楽協会に申請手続きをしたのだけど、書類の不備があり、受理されていなかったの。出生証明書を提出していなかったそうで」

モーツァルトはザルツブルクの父に手紙を書き、洗礼証明書を取り寄せようとしたのだが、忙しさに取り紛れ、忘れてしまったという。

フランツは続けて訊いた。

「宮廷からの年金はなかったのですか？　お父さんはグルックの後任で帝室作曲家に任命

されたではありませんか」

　コンスタンツェはまた首を横にふる。

「年金が支給されるのは、勤続年数が十年を越えてからなの。ヴォルフィは四年間しか勤務していなかったので、受給対象者ではなかったのよ。私はヴォルフィの快癒(かいゆ)を心から祈ったわ。だけど、祈っても事態が好転することはないの。国家の目から財産を隠すなど――犯罪にも等しい行為だわ。だけど、生きていくために、それをやらないわけにはいかなかったの」

　フランツに母を責める権利はない。彼女のとった行動は、自身と子供たち――フランツのためだったからだ。

　一呼吸おき、コンスタンツェは話を続けた。

「母は、ヴォルフィが死んだ後に起きることを教えてくれたわ。家長が亡くなると、『差し止め請求』という令状が出され、遺族は遺産を動かすことができなくなるのよ。その後、派遣された役人が遺産調査にあたり、遺産目録を作成する。その金額に応じて、相続税が定められるの」

「借金に加え、さらに相続税まで払わなければいけないのですか！」

　フランツは声をあげた。

「ええ、そう。私はその相続税だけでも少なくしたかったの」

当時のウィーンでは、借金を残して亡くなった人の遺品はすぐさま競売にかけられ、返済費用に充てられた。しかし、競売ではいくら高価な品でも、足元を見られ、二束三文(にそくさんもん)の値で叩き売られることが多かった。コンスタンツェはその状況は避けたいと考えた。

「遺産を隠すといっても、家から運び出せるものは限られているわ。当時、家にあった高価なものといえば、ヴォルフィが使用していたピアノやビリヤード台だけど、これを運び出したらさすがに不審に思われるでしょう」

そのとおりだ。人目につくものは運べない。

「それで、どうしたのですか?」

「そのとき、助言してくれたのがジュースマイヤーなの」

母の口から出た名前に、フランツは驚いた。

「彼はヴォルフィが亡くなる一年ぐらい前から、家に出入りしていたの。ヴォルフィの弟子と呼んでいいのかわからないけれど——ヴォルフィは彼の写譜の腕を見込み、助手のようなことをさせていたの。私がバーデンに行くときは、付き添わせてくれたわ。そのことで世間の誤解を招いたようだけれど……」

コンスタンツェは自嘲(じちょう)気味に言った。

「当時、ジュースマイヤーはヴォルフィの最後の作品となるレクイエムの口述筆記をするため、家に来ていたの。彼は――私の母と別の観点から、遺品隠しの話を持ちかけてきた。彼はヴォルフィの自筆楽譜を隠すようにすすめてきたの」

「自筆楽譜……」

フランツはジュースマイヤーの先見の明に驚愕した。モーツァルトは八百以上の曲を作曲したが、当時、その大半は未出版だった。彼の自筆楽譜にどれほど高額な値段がつき、その値段がいかに高騰したか――その後半世紀生きたフランツは知っている。当時、家で一番価値があるものだっただろう。

「私たちは正直、ヴォルフィの自筆楽譜に値がつくなどとは思っていなかった。ヴォルフィはその頃ウィーンで人気を失っていたし……。だけど、ジュースマイヤーはヴォルフィの楽譜がこの世から消失することを何より危惧していたの」

「消失？」

「ええ、楽譜は紙だから、他人の手に渡ったら、どうなるかわからない。また、当時、他人の曲を自分の曲と偽って世に出す例も少なくなかったの。ジュースマイヤーは音楽家だけあって、私たちの中でヴォルフィの才能と価値を一番正しく理解していたのよ」

彼は自分の死に際し、モーツァルトと同じ共同墓地への埋葬を選んだ。それだけモーツァルトへの思い入れが強かったのだろうか。フランツたちがこうして生活できているのは、モーツァルトの自筆楽譜があったからだ。

「お父さんはいい弟子を持ちましたね」

フランツの言葉に、コンスタンツェは曖昧な微笑を浮かべた。

「そうね。彼がヴォルフィを尊敬していたことは間違いないわ。ヴォルフィもジュースマイヤーを信頼していた。たとえ彼の思惑に気づいていても……」

「思惑……？」

「いいえ」

コンスタンツェは何かを言いかけたが、フランツの顔を見て口を濁し、話を戻した。

「ジュースマイヤーの提案に、母も賛成したわ。ヴォルフィの持ち物の中で一番運び出しやすく、不審に思われないのが楽譜だったから」

楽譜の運び出しはモーツァルトが生きているときから少しずつ行われた。ツェツィーリアとゾフィーはモーツァルトのために下着や綿入れの入った寝間着を作って見舞いに行き、帰るときにコンスタンツェが荷造りした楽譜を持ち出した。

「ヴォルフィは膨大な楽譜コレクションを持っていたの。だけど、ヴォルフィが自分で書いたものか、写譜か、別の人の楽譜か、ときどき判別できないものがあった。そういうときは、ジュースマイヤーの手を借りたの」

モーツァルトがジュースマイヤーとレクイエムの作曲に携わっている間、女性たちは極秘で作業を続けた。

「緊張と不安で頭がおかしくなりそうだった。ヴォルフィが眠ったまま、目を覚まさないのではないかと思うとこわくて、ろくに眠ることもできなかった。だけど、その日が刻一刻と迫っていたので、楽譜を選ぶ手を休めるわけにもいかなかった。それでヴォルフィが亡くなったとき、疲労で倒れてしまったの」

「体調が悪くて葬儀に行かなかったのは、本当だったのですね」

「行こうにも、行ける状態ではなかったわ」

コンスタンツェ以外の人々は聖シュテファン大聖堂の葬儀に行ったという。

「葬儀の日、体調を崩した私はスヴィーテン男爵のはからいで、ヴォルフィの音楽仲間の家に泊めてもらえることになったの。実家で一人で過ごすより、誰かと一緒にいたほうが気が紛れると男爵がすすめてくださったのよ。が、そこに居続けるわけにはいかなかったの。三日後には遺産を検査する役人が家を訪ねてくる。そのときは妻である私が立ち会わなければならない。それにまだ遺品の整理が終わっていなかったの」

「では、葬儀に行った馬車が引き返したのは――」

コンスタンツェはフランツの顔を見て言った。

「ほかの方の事情は知らないわ。だけど、母と妹が途中で帰ったのは、遺産隠しの作業のためよ。まだすべてを運び出せていなかったの」

その後の遺産鑑定には数日間を要した。部屋ごとに下着や雑貨のようなこまごましたものまで検査され、目録が作られた。絶えず質問されるので、コンスタンツェは休むことなく立ち会わなければならなかった。

「さすがにすべての楽譜を持ち出すとあやしまれると思ったので、何点かの楽譜は家に残したわ。役人に楽譜の少なさを指摘されたけれど、何度も引っ越しを繰り返したので、そのときに紛失したと説明すると納得してもらえたわ。スヴィーテン男爵がヴォルフィの葬儀を最下等で行ったことも、言葉が悪いけれど、功を奏したのよ。事実、手元に残った現金は六〇グルデンだけだったから、役人たちに遺産隠しを疑われることはなかったの」

遺産目録によると、モーツァルトの楽譜は自筆、印刷譜あわせて五点で、たったの一フローリン強にしかならなかった。

「楽譜を運び出したのは正解だったわ。そのまま勝手な値段をつけられ、売却されていたら、楽譜を失うどころか、借金の返済もできなかったでしょうから」

その後のことはフランツもよく知っている。

母コンスタンツェはレオポルト二世に嘆願書(たんがんしょ)を書き、特例で年金を受給できるようになった。また、寡婦(かふ)となったモーツァルト夫人のための慈善(じぜん)演奏会が開かれ、母は興行主として、亡き夫モーツァルト作品の演奏会を各地で行い、収入を得た。そこにフランツが出演することもあった。

その後、モーツァルトの評価はより一層高まり、直筆楽譜を欲しがる人も増えた。しかし、母コンスタンツェは一度にすべての楽譜を手放すことをしなかった。母親譲(ゆず)りの商才を発揮した彼女は、写譜(しゃふ)を売るにとどめ、原本は相当の高値でないと手放すことはなかった。

彼女が金に汚いと囁(ささや)かれるようになった原因でもある。

「あとからこうやればよかったと思うことはあるわ。けれど、あのときはあれで精一杯だったの」

ここまでの彼女の証言に嘘はないようだった。彼女が葬儀に行かなかった理由は、今、話したとおりなのだろう。しかし――フランツは違和感を覚えた。

遺産隠しの件は、確かに『モーツァルト伝』に書けることではないが、当時誰もがやっていたことだ。このくらいのことでは、モーツァルトの死後半世紀にわたって沈黙する理由にならないはずだ。気丈な母があれほど怯(おび)えていた理由にもなっていない。

ジュースマイヤーのことも、アクア・トファァナのことも、何ひとつ解決していない。

（お母さんはまだ秘密を明かしていない）

「私がヴォルフィのことをほとんど語らなくなったのはね」

フランツの顔を見て、コンスタンツェは話を続けた。

「覚えているかしら？　私が六十六歳のとき、英国人ピアニスト夫婦が訪ねてきたことがあったでしょう？　ヴォルフィを『音楽のシェークスピア』と呼んだ、ヴォルフィの信奉者たちよ」

「ノヴェロ夫妻のことですか？」

「ええ、そういう名前だったわね」

ノヴェロ夫妻はモーツァルト縁（ゆかり）の人物のもとを訪ね、見聞きしたことを『モーツァルト巡礼』という本にまとめ、一八二九年に出版した。

「せっかくザルツブルクまで来てくださったのだからと、私はあのお二人にヴォルフィの遺品を贈ろうと思ったの。そのときの私はもうお金に困っていなかったし、価値がわかる人が持っていたほうがヴォルフィが喜ぶと思ったのよ」

ノヴェロ夫妻はモーツァルトの遺品である金時計や机に関心を持ったという。

「何度も大げさに褒めるので、もし必要でしたら、お持ちくださいとすすめたのだけど、丁重に断られたの。そのときのことが本に書かれているのだけど、その逸話のせいで、私は夫の大切な遺品を簡単に人にあげてしまう冷淡な妻だと言われるようになったの」

　コンスタンツェはあきらめたように言った。

「ヴォルフィ、世間とはそういうものなのよ。どんな出来事も自分の好きなように解釈するの。また、時代と共に評価は変わる。結局、ゆがめられて伝わるのなら、私が真実を話す必要もないわ。悪妻と呼ばれるのも覚悟の上よ。私ができるのは、彼らが望む、彼らが思い描くモーツァルトの話をすることだけだもの」

　コンスタンツェは微笑み、話を切り上げようとしたが、フランツは腑に落ちなかった。まだ真相には近づいていない気がした。

「お母さんはお父さんの借金をすべて返済したのですよね」

「ええ」

「肝心なことを訊くのを忘れていました。お父さんはどうしてそんな多額の借金をしたのですか？　お母さんがお父さんの手紙を処分したり、手を加えたのは、お父さんの借金を隠すためだったのですか？」

『モーツァルト伝』に掲載されたモーツァルトの書簡には、意図的に改竄されたあとがあった。それはモーツァルトにとって不名誉な借金と、遺産隠しのためだったのだろうか。

それだけではないとフランツは感じた。

「お母さんと結婚してから——ウィーン時代のお父さんの手紙が異常に少ないんです」

「確かに私はヴォルフィの父親と違って、ヴォルフィの物ならなんでも保管することはなかったわね。だけど、手紙を処分したのは私ではないわ」

コンスタンツェは即答した。

「お母さん以外に誰が処分できるのですか」

「私は当時、ほとんど読み書きができなかったのよ。手紙を書くときは代筆を頼み、読むときは誰かに読んでもらっていたの。その私が、ヴォルフィが毎日のように書き送った書簡の内容をいちいち確かめることができると思う？」

いや、無理だろうとフランツは思った。モーツァルトは筆まめで、旅先で必ず、その日のことを手紙で報告したが、母は手紙を億劫(おっくう)がり、必要なときに必要なことしか返事をしなかった。

「手紙には夫婦生活のことが多く書かれていたから、ゲオルクが配慮(はいりょ)して伝記に掲載しなかったものもあったと思うけれど——手紙を処分したのはヴォルフィ自身よ」

コンスタンツェはきっぱりとした口調で言った。

「お父さんが？」

「ヴォルフィと——彼の秘密を知る——おそらく、ジュースマイヤーでしょうね」

また、ジュースマイヤーだ。フランツは驚いてコンスタンツェの顔を見つめた。

「なんのために処分したんですか？」

「私こそ、なぜそれほどあなたたちが手紙にこだわるのか訊きたいわ。手紙に書かれていることにそんなに意味があるかしら？　人は真実だけを紙に残すわけではないわ。現にヴォルフィの借金依頼の手紙をごらんなさい。そこで私は数えきれないほど病気にされたわ。後世の人が読んだら、さぞかし病弱な妻をもらったと思われるでしょうね。ヴォルフィは今頃、笑っているかもしれないけれど」

コンスタンツェはくすりと笑った。

「お母さん、笑いごとではありませんよ」

「ヴォルフィの借金の原因は私も疑問に思っていたわ。そんな状態で私を高級保養地のバーデンに温泉治療に行かせたのは、今にして思えば、お金を借りる口実のためだったのかもしれない。身内に病人がいれば、口実にできるもの。だけど、実際にかかった滞在費用はそれほど高額ではなかったの。三〇〇〇フローリンには到底及ばない。だからこそ、彼の借金は私にも謎だった。なぜそれほどの大金が必要だったのか。その大金を一体何に使ってしまったのか。ヴォルフィは生前、妻である私に明かすことはなかったの」

「その謎は解けたのですか？」

「ええ。だけど、誰にも話せなかったわ。ヴォルフィの書簡や資料を調べるうちに、ゲオルクは気づいたようだけど、真相を『モーツァルト伝』に書くことはできなかった」

「どうしてですか？」

「その謎に関わる人たちが――私たちを含め――まだ生きていたからよ。下手に発表すると皆の命にかかわる恐れもあった。それでゲオルクは掲載を控えたの」

「命に？」

コンスタンツェは深く息を吐いた。

「やっぱり……これ以上は無理だわ。話せないの。話すと――お前の身に危険が及ぶ可能性がある。それに、お前の体に無理をさせたくないわ。世の中には知らないほうがいいこともあるのよ」

フランツは驚いた。母は震えていた。フランツは母の肩を抱き、やさしく語りかける。

「お母さん、どんな危険がふりかかっても大丈夫です。僕の寿命は長くないのです。だから聞かせてください。僕が本当にお父さんの子供なら、知っておきたいのです。謎とその答えを」

フランツは母の顔を見る。彼女はフランツの真剣な目を見て、観念したように立ち上がった。そして、部屋の片隅に置かれたピアノのところに行き、ある一節を弾いた。フランツもよく知る、音楽劇『魔笛』の有名なアリアだ。

「フランツ、この曲、覚えている？」

「ええ、もちろんです。『魔笛』は劇場で観たことがあります」

「そうではなくて——。そうね、覚えているはずはないわね」

コンスタンツェはふっと笑った。

「ヴォルフィの謎はね、すべて——彼の王国につながっていたの」

「……王国……ですか？」

「ヴォルフィは生前話していたの。人は誰しも自分の王国を持っていて、その王国の国王であると。おかしいでしょう？　でも、ヴォルフィはそういうことを言う人だったの。夫婦には、夫婦だけで通じ合う話があるのよ。私たちはよく空想の世界の話をしたわ。天才音楽家モーツァルトはヴォルフィの仮の姿で、その正体は『後ろの王国（リッケン）』の国王だと。私は十九歳のとき、彼に求婚され、『後ろの王国』の王妃になったの」

コンスタンツェは目を伏せた。遠い昔に思いを馳（は）せるように。そして意を決し、話しはじめた。

それは誰も知らない、モーツァルトとコンスタンツェの物語だった。

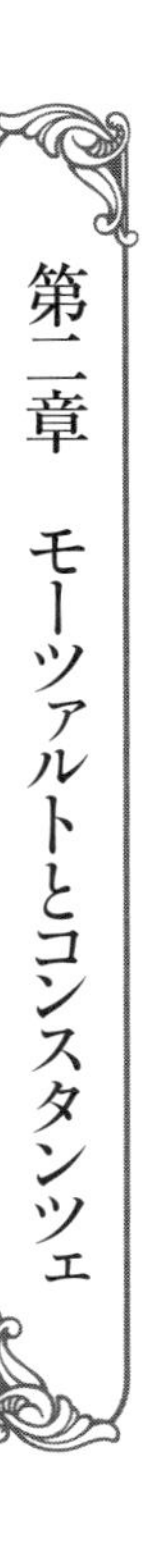

第二章　モーツァルトとコンスタンツェ

一　出会い

一七八一年五月。神聖ローマ皇帝が治めるオーストリア大公国の首都ウィーン。
太陽が高く上がると、街中の教会の鐘が一斉に鳴り響く。正午を告げる鐘の音だ。大小複数の鐘が混ざり合う音は巨大で、話し声も、馬車を引く馬の蹄の音もかき消してしまう。市場帰りのコンスタンツェは、鐘の音に足を止め、周囲の人々と同じように十字を切った。高く聳えたゴシック様式の尖塔を持つ、聖シュテファン大聖堂の前を通りかかったときだった。大聖堂の複雑な彫刻がほどこされた扉から、華やかな装いの一組の男女が出てきた。結婚式を終えたばかりの花嫁と花婿だ。

通りがかりの人たちが二人に祝福を送った。ドイツ語、イタリア語、ハンガリー語、様々な言語でお祝いの言葉がかけられる。人口二十万人の国際都市ウィーンには多くの民族が住んでいる。

コンスタンツェは大きな黒い瞳で、幸せそうな花嫁と花婿を見つめた。半年前コンスタンツェは同じ光景を見た。この聖シュテファン大聖堂で行われた姉アロイジアの結婚式だ。美しい結婚式だった。参列者は薄暗く冷ややかな教会の天井からさしこむ光をあび、オルガンと聖歌隊の美しい歌声に包まれた。そのときのことを思い出し、讃美歌（さんびか）の一節を口ずさみかけたコンスタンツェは、はっとする。

（いけない。歌はもうやめるって決めたのに）

両腕に抱えた籠（かご）を持ち直し、コンスタンツェは母と三人の姉妹が待つペーター教会の裏路地のアパート「神の眼館（ツム・アウゲ・ゴッテス）」へと急いだ。

ヴェーバー家の四人姉妹の三女、コンスタンツェはこのとき十九歳。

二年前、ウィーンに移り住んでまもなくして父が亡くなり、母はアパートの一室を貸し出し、下宿屋をはじめた。コンスタンツェはその下宿屋の手伝いをしている。まだ下宿人はいなかったけれど――。

「スタンツェル、遅かったじゃないか。まだ掃除（そうじ）が終わっていないだろう」

「ごめんなさい」

買い出しから戻ると、母ツェツィーリアは昼間から酒を飲んでいた。彼女は昔から酒を好んだが、夫を亡くしてから飲む量が増えた。いつも心労を酒で紛らわしている。

夕食の下ごしらえをしていると、母の声がふってきた。

「スタンツェル、わかっているね。アロイジアの次はお前の番だよ」

コンスタンツェは小さく溜息をつく。今、母の頭を一番に占めているのは、娘たちの結婚――つまりは、自分の老後だ。

「またその話？　どうして私なの？　先に結婚すべきは、長女のヨゼファじゃないの？」

「ヨゼファには歌がある。だけどお前は器量も十人並みだし、四人姉妹の中でこれといった取り柄が何もない。せめて若いうちに相手を捕まえておかないといけないよ」

母の容赦ない言葉にコンスタンツェは口ごもる。

コンスタンツェの亡き父フリードリンは宮廷歌手で、娘たちは皆、父から声楽の手ほどきを受けた。長女のヨゼファと次女のアロイジアは歌の才能を、四女のゾフィーは演技の才能を認められ、それぞれ劇場への道が開かれた。しかし、コンスタンツェだけは誰からも声がかからなかった。自分で稼げない以上、生活のためにより良い条件の相手を見つけ、結婚しなければならない。けれど、できることなら、もう少しだけ夢を見ていたかった。

台所を出ようとすると、「ああ、そうそう。アロイジアで思い出したよ」と母に呼び止められる。

「スタンツェル、聞いたかい？　あのヴォルフィがザルツブルク大司教の命令でウィーンに来ていたそうだよ」

「ヴォルフィが？」

ヴォルフィこと、ヴォルフガング・アマデウス・モーツァルト——その名はコンスタンツェの耳になつかしく響いた。四年前、一家がドイツ南西部のマンハイムで暮らしていたとき、知り合った天才音楽家だ。幼いときに欧州各地で演奏を行い、旋風を巻き起こした神童の名をその地で知らない人はいなかった。当時二十一歳だったヴォルフィは就職口を求め、母親と旅をしていた。

ヴォルフィの最終目的地はパリだったが、旅の途中、マンハイムに立ち寄った。当時マンハイムにはプファルツ選帝侯の宮廷があり、欧州最高峰といわれる宮廷楽団があった。マンハイムもパリに劣らず、音楽家にとって魅力的な就職先だった。楽団の定員に空きがなかったため、就職は叶わなかったが、ヴォルフィはマンハイムの音楽家たちと親交を深めた。その一人がコンスタンツェの父だった。

ヴォルフィの音楽の虜になった父は、四人の娘たちを引き合わせ、一番才能のあるアロイジアに歌わせた。娘の才能のほどを天才音楽家に見てもらいたいという親心からだった。

ヴォルフィはアロイジアの美貌と美声に夢中になり、二人は結婚の約束を交わした。

「ヴォルフィがウィーンに来ていたの？」

二人の姉妹をまじえた夕食の席はヴォルフィの話で持ち切りだった。

「先日までうちの近所の――ドイツ騎士館の宿舎に泊まっていたらしいんだよ」

ドイツ騎士館は聖シュテファン大聖堂から歩いてすぐのところにある。今日も市場に行く途中に通りかかった。

「彼、結局故郷のザルツブルクに戻って大司教様に仕えることになったのね」

とヨゼファが言った。

「私たちを訪ねて来なかったということは、アロイジアの結婚にショックを受けたんだろうねえ。でも結婚を断っておいてよかったよ。かつて神童と呼ばれた人も、二十過ぎればただの人。所詮いきつく先は小国のオルガニストだからねえ。ウィーンの劇場の花形歌手になったアロイジアとは格が違うよ」

母は笑って、酒を呷った。ヴォルフィとアロイジアの婚約は二年半前にあえなく破棄された。理由は求婚から九カ月経っても、ヴォルフィが無職のままだったからだ。

「私がヴォルフィだったら恥ずかしくて顔を出せないわ。田舎町のオルガニストってことは、いまだにアロイジアより稼ぎが少ないはずだもの」

ヨゼファとゾフィーは顔を見合わせて笑った。

「ねえ、あのときの彼の言葉覚えてる？　パリに行けば絶対に成功するって自信満々だったじゃない。子供のときヴェルサイユ宮殿で演奏して好評を博したって言っていたかしら。そんな昔の栄光にすがるなんてね」

「パリまで行ったのに誰にも雇ってもらえず、意気消沈して戻って来たときはお笑いだったわね。まっすぐ故郷に戻ればいいのに、アロイジアに会いにうちに来るんだもの。それも引っ越し先の住所まで探し当てて」

「覚えているわ。一文無しなのに結婚を申し込んで……」

「やめて！」

叫んだ瞬間、皆の視線がコンスタンツェに注がれる。興をそがれて、皆は不満そうな顔をしている。コンスタンツェは場を取り繕うように言った。

「人の不幸を肴に笑うなんて……失礼よ」

「人の不幸だから楽しいんじゃないの」

母はコンスタンツェの杯に葡萄酒を入れようとしたが、コンスタンツェは断った。

「それともなにかい、スタンツェル。お前、ひょっとしてヴォルフィに気があるのかい？」

「そうじゃないわ。ただ――」

　コンスタンツェは二年半前を思い出す。

「あのときは皆ひどかったわ。わざわざ訪ねて来てくれたヴォルフィに冷たくして……。彼はパリでお母さまを亡くされたばかりだったのに」

　ウィーンに移住してすぐに父を亡くしたとき、コンスタンツェはヴォルフィの気持ちを理解した。共に旅をしていた母を異国で亡くし、彼はどれだけ不安だったことだろう。彼にもっとやさしい言葉をかけてあげればよかったと、後悔の念にかられた。

「気の毒なことは気の毒だったよ。だけど、あのときヴォルフィは無職で、父親に借金をさせて、旅費を作っていたそうじゃないか。そんな人間とアロイジアを結婚させるわけにはいかないだろう？」

「そうよ、スタンツェル。破談で正解だったのよ。ヴォルフィは人間性にも問題があったし。アロイジアが裕福なランゲと結婚できてよかったわ。おかげで彼女は一生、生活に困らないもの」

　ヴェーバー家の女性たちが人一倍お金に対する執着が強いのは、かつて貧しい生活を余儀なくされたからだ。亡き父の薄給では家族六人食べていくのがやっとだった。アロイジアがウィーンの劇場と契約し、稼いでくれたおかげで、人並みの生活を送れるようになった。だけど、なぜ皆はヴォルフィについて悪いことばかり記憶しているのだろう——とコンスタンツェは考える。うちに来たときのヴォルフィの演奏を忘れてしまったのだろうか。

彼は天才の名のとおり、変わった人ではあった。食事の間、下品な冗談を言ったり、突然動物の真似をして跳び上がったり、落ち着きがなかった。自分のことを天才と言って憚らず、ひとつも謙遜することはなかった。彼の歯に衣着せぬ物言いに一同は戸惑った。就職先が見つからないのは、性格に難があるからだろうと予想がついた。

けれど、彼がひとたび演奏をはじめると、その場の空気が変わった。

まるで奇跡を見ているようだった。

ヴォルフィが鍵盤をたたくと、ヴェーバー家の安物のクラヴィーアが、夢のような音を出し、色彩あふれる音色で歌いはじめた。彼の演奏には不思議な品と華やかさがあり、豪奢なシャンデリアの吊るされた劇場や、宮廷の広間にいるような心持ちになった。

彼は紛れもなく、コンスタンツェが憧れてやまない音楽の——夢の世界の住人だった。

亡き父はヴォルフィに心酔した。母もアロイジアも彼の才能を認めていた。が、彼への評価は収入の有無で、簡単に変わってしまった。

「いいかい、私だってもう年だ。いつまでもお前たちの面倒を見ていられないんだからね。うちにお金を入れないなら、さっさと結婚して出て行くことだね」

母は娘たちに宣言した。母が娘たちに結婚を迫るのは、いまだ下宿人が見つからず、家賃収入がないからだった。

眠りにつく前に、コンスタンツェは神に祈る。

(早く下宿人があらわれて、お母さんが束の間でも私の結婚のことを忘れてくれますように)

それから——。

(いずれ結婚するなら、その相手は音楽が好きな人でありますように。音楽に包まれた生活が送れますように)

コンスタンツェの願いが神に届いたのかわからない。

それから数日が経った頃。コンスタンツェが一人で留守番をしていると、「神の眼館(ツム・アウゲ・ゴッテス)」の扉が叩かれた。その乱暴な音にコンスタンツェは身をすくめる。家に男性がいないと、訪問客を警戒してしまう。

燭台(しょくだい)をかかげ、

「……どなた?」

扉越しに尋ねると、

「僕だよ。泊めてくれ! トラツォームだよ」

男性にしては高い声がした。聞き覚えのある声だった。それからトラツォームという名前。TRAZOM（モーツアルト）――それは彼の名前だった。彼は逆さま言葉が得意だった。

（MOZART――まさか……）

家に人がいないときは、扉を開けてはいけないことになっている。女性一人では不用心だから。けれどこの声は――。

おずおずと扉を開けたコンスタンツェは自分の目を疑った。目の前に立っているのは、金髪を後頭部で束ねた、コンスタンツェとそう変わらぬ身長の小柄な青年。青い目をした彼は、旅装束で大きな鞄（かばん）を抱えていた。

「ヴォル……フィ……？」

信じられない。先日、皆で話をしていたヴォルフィだ。彼はザルツブルクに戻ったのではなかったのだろうか。

「ああ、LEZNATS（レズナーツ）か」

ヴォルフィはにっこり笑い、同じようにコンスタンツェを愛称STANZEL（スタンツェル）の逆さ読みで呼んだ。彼が自分の名前を憶えていたことにコンスタンツェは驚いた。

「下宿屋をはじめたんだって？　ちょうどよかったよ。しばらく泊めてほしい」

そう言って、ヴォルフィは家の中に入ってきた。

「どうしたの急に。ザルツブルクに帰ったんじゃなかったの？」

「大司教と喧嘩して、飛び出してきた」

「飛び出してきた？」

「ああ、お抱え音楽家を辞めてやった。これでせいせいする」

「辞めたって……」

コンスタンツェは絶句する。衝撃が大きすぎて、彼がうちに来た理由を問いただすことも、ここにアロイジアはいないと説明することもできなかった。ヴォルフィは二年半前に会ったときと変わっていなかった。

「大司教は天才音楽家に対する扱いを知らないんだ。音楽家は決して従僕ではない。人に敬意を持たない人間のもとでは働けない」

彼はきっぱりと言った。

「スタンツェル、人は誰しも自分の王国を持っている。皆、一国の国王なんだよ」


夜遅く帰宅し、ことの経緯を知った母ツェツィーリアは食事と飲み物をのせた盆をコンスタンツェに持たせた。部屋で休んでいるヴォルフィに持っていけということらしかった。

「愚痴を聞くくらいならお前にもできるだろう」

「どうして私が……」

「ヴォルフィを家に入れたのはお前じゃないか」

彼との二年半ぶりの再会を喜ぶ人はいなかった。ヨゼファとゾフィーは、台所でうんざりした顔をしている。

「下宿代を払えるなら置いてやってもいいけどね」

母はコンスタンツェに言った。

「ちゃんと収入があるのかどうか、懐具合をさぐってくるんだよ。まだ父親に借金をしているようなら、すぐにでも追い出すからね」

母の言うことはもっともだった。

「ヴォルフィ、入るわね。食事を持ってきたわ」

ノックし、扉を開けると、ヴォルフィはテーブルの上でペンを走らせていた。五線紙の上に数々の音符が躍る。彼が仕事をしていたことに、コンスタンツェはほっとした。

目の前に皿が置かれても、ヴォルフィの頭は音楽の波間を浮遊しているようだった。皿の上で肉を切る手も覚束ず、何もないところにフォークを突き立てたりした。まるで小さい子供だと思いながら、コンスタンツェは給仕した。

「ねえ、ヴォルフィ。事情はよくわからないけど、一刻も早くザルツブルクに戻って大司教様に謝った方がいいんじゃないの？　時間が経ちすぎると完全に戻れなくなるわ」

「いいんだ。大司教のところには帰らない。王侯貴族たちや音楽家たちと交友を深めたいのに、わからず屋の大司教のせいで行動を制限されたんだ。旅をして、新しいことを吸収するのも音楽家にとって必要なことなのに」

「そういうものじゃないの？　大司教様に雇われているんだから」

　この時代の音楽家というのは、楽器の演奏ができる召使いのことだ。召使いなのだから、雇用主である大司教の命令に従って行動するのはきわめて当たり前のことである。しかし、ヴォルフィにその常識は通じなかった。

「ザルツブルク大司教の宮廷は音楽家にとって最悪な環境だよ。依頼されるのは同じような曲ばかりだし、まともな音楽ホールもない。大司教の許しがなければ、演奏活動をすることもできない。それと比べると、パリはよかった。生活は思い出したくもないけど、音楽家にとっての自由があった。民間のコンサートホールがあり、自由に好きな曲を作曲し、演奏活動ができた。スタンツェル、音楽家は王侯貴族のお抱え奴隷（どれい）じゃないし、音楽は王侯貴族だけのものじゃない」

　ヴォルフィは以前と少しも変わっていなかった。身分を問わず誰とでも対等に接することができるのは彼の美質だ。階級も、人種も、生まれ育ちも、性別も、彼には関係なかった。だが、彼の態度は高貴な身分の人からすると、不遜に映っただろう。

「でも仕事がないと食べていけないでしょう？　ウィーンでどうするの？」とコンスタンツェは訊いた。

いくらウィーン広しとはいえ、ヴォルフィの望むとおり、彼に敬意を払い、行動に制限を設けず、自由に旅行をさせ、十分な報酬を払う——こんな条件で、雇ってくれる人など、見つかるとは思えなかった。

「大丈夫。あてはあるから」

ヴォルフィはにっこり笑った。

「あて？」

「うん、ヨーゼフ二世だよ」

「ヨーゼフ二世陛下ですって？」

思いがけない名前にコンスタンツェは面食らう。ウィーンの宮殿に住む、神聖ローマ帝国の皇帝だ。前年、共同統治していた母帝マリア・テレジアが崩御し、単独統治を開始したばかりだった。

「陛下から依頼状でもいただいたの？」

「いや、それはないけど」

「ないなら……」

「スタンツェル、僕はヨーゼフ二世と面識があるんだ。子供のとき、何度かウィーンで会っているんだよ。彼は僕が求婚したマリア・アントニア皇女のお兄さんなんだ」

コンスタンツェは詰まる。マリア・アントニアといえば、転んだヴォルフィを助け起こした逸話の皇女だ。フランス国王ルイ十六世に嫁ぎ、フランス王妃マリー・アントワネットとなった。

「だからヨーゼフ二世はきっと僕に仕事をくれるはずだ。彼は僕の天才ぶりを目の当たりにしたわけだからね」

自信満々に語るヴォルフィにコンスタンツェは言葉を失った。ヴォルフィの理屈は、コンスタンツェの理解をこえていた。皇帝は庶民にとって雲の上の存在だ。ヴォルフィが皇帝と面識があるのは事実だろうが、だからといって皇帝に仕えられるとは限らない。彼のこの根拠のない自信、浮世離れした考えは一体どこからくるのだろう。

(これ以上、ヴォルフィの話を聞いたら、頭がどうにかなりそうだわ)

ヴォルフィが食べ終わったのを機に、コンスタンツェは立ち上がる。

「ああ、スタンツェル」

部屋を出るとき、呼び止められた。

「なに？」

「きみはやさしいね。僕の話を黙って聞いてくれたのはきみだけだよ」

ヴォルフィは笑った。天真爛漫な笑顔に、コンスタンツェは胸をつかれた。彼は本当に子供のような人だった。自分の考えを隠すことができない。この世の人間とも思えないほど、純粋な人だった。


ヴォルフィがヨーゼフ二世に仕えられるなど、誰も信じていなかった。

「またヴォルフィの大口がはじまったね」

コンスタンツェから顚末を聞いた母は溜息をついた。

マンハイムで最初に会ったときもそうだった。あのときは、確かルイ十六世や王妃マリー・アントワネットの名前を出し、パリで働くと言っていた。が、結局望む職は得られなかった。

「当面、家賃を払ってくれるようだからいいけど」

母は苦い顔をした。下宿屋をはじめたのは、家賃収入のほかに、あわよくば下宿人と娘をめあわせる魂胆があったからだ。それなのに、やって来たのがヴォルフィとは。

「皇帝陛下にお仕えするなんて絶対に無理よ」

長女のヨゼファが言い添える。

「ウィーンの宮廷はイタリア系の音楽家が幅をきかせていて、ドイツ系の音楽家は出る幕がないのよ」

四女のゾフィーもあきれたように呟いた。

「二十五歳になってもヴォルフィは現実が見えていないのね。理想ばかり追いかけて……」

下宿人が決まったことは一家にとって喜ばしいことではあったが、皆の心境は複雑だった。この下宿人は厄介事を家にもたらすような気がしたからだ。

ヴォルフィの世話は、コンスタンツェに任された。

「私？」

「だってヴォルフィと変な噂になって、良縁を逃すのは嫌だもの」

長女のヨゼファが言い、四女のゾフィーも賛同するように頷いた。コンスタンツェは口をとがらす。

「変な噂なんて立ちはしないわよ。ただ、部屋に食事を届けるだけなのに」

「それでも――よ。ヴォルフィを家に入れたのはスタンツェルなんだから、あなたが責任を取るべきだわ」


スープをあたためていると、ヴォルフィの部屋からヴァイオリンの音が聞こえてきた。コンスタンツェは鍋をかきまわす手を止めて、その音色に聴き入った。彼はクラヴィーアだけでなく、ヴァイオリンの名手でもあった。

演奏しているのは自作の曲だろうか。彼が奏でる音楽は夢のように美しい。

そういえば――とコンスタンツェは亡き父のことを思い出す。ヴォルフィが書きあげた楽譜を見た父は、「職業柄いろんな音楽家の楽譜を見てきたが、あれほどきれいな楽譜は見たことがない」と生前、何度もコンスタンツェに語った。父は生活のために写譜の仕事もしていた。作曲家が書いたオリジナルの楽譜を清書し、複写やパート譜を作る、音楽業界に欠かせない仕事だ。

ヴォルフィの自筆譜には修正の跡がなかったという。もちろん、皆無だったわけではない。書き損じもあったが、ほかの作曲家と比べるとその数は極めて少なかった。

父の話によると、普通の作曲家ならば、作曲と楽譜を書く作業を同時に行う。まず思い浮かんだ曲を五線紙に書き、楽器を演奏して音を確認する。その後、書き直したり、書き足したり、微調整を加えながら推敲作業を繰り返し、ようやく一曲を完成させる。しかし、ヴォルフィはそうではなかった。

父が言った彼の「天才」ぶりを、コンスタンツェも自分の目で確認した。

「紙に書くときには、曲は全部完成しているんだ」とヴォルフィは自分の頭を指さした。

つまり彼にとって楽譜を書くという作業は、頭の中で完全にできあがっている楽譜を、紙に書き写すだけの作業なのだ。だから彼の楽譜は最初から清書したように美しく、たとえ書き損じがあったとしても、それは単なる不注意で写し間違えたものだった。

「スタンツェル、今、時間ある?」

彼は仕事中にコンスタンツェを呼んだ。楽譜を書き写すのは単純作業で、話し相手でもいないと退屈なのだとヴォルフィは言った。

作曲中に会話をするなど、普通の作曲家なら気が散るといって嫌うだろう。しかし、彼は一向に気にしなかった。冗談を言ったり、言葉遊びをしたり——、そうしておしゃべりや悪ふざけをしている間に、楽譜が仕上がるのだった。速筆であるだけではない。そこには上質の——美しく軽やかな音楽があった。

「スタンツェル、彼の音楽のなにが素晴らしいかわかるかい?」

父は、亡くなる前もコンスタンツェにヴォルフィの音楽を説いた。

「彼の曲には無駄な音が一つもない。どの音を引いても、足しても、この作品は不完全なものになる。人間が作ったものとは思えない。絶妙なバランスが保たれている。ある種、悪魔的な曲だ。それから、彼は惜しげもなく、別の旋律を展開させる。凡人なら思い浮かんだ一つの旋律に固執する。その旋律だけでいくつも曲を書いたりするが、彼にはそういうことがない。彼の頭の中には音楽が尽きることなく湧き出てくるんだよ」

父はヴォルフィとアロイジアの婚約が解消されたことを残念がった。が、こうも言っていた。

「アロイジアと結婚しなかったのは、ヴォルフィにとってよかったのかもしれない」

理由を訊くコンスタンツェに父は言った。

「アロイジアと結婚していたら、彼は才能を発揮できず、凡庸な音楽家で終わったかもしれない。スタンツェル、見ていてごらん。ヴォルフィは今に国を代表する音楽家になる。神様からあれほどの才能をもらった人が、このまま人生を終えるはずがない。彼の音楽はどこまでも自由なんだよ」

専門的な音楽教育を受けたことのないコンスタンツェに難しいことはわからない。けれど、楽譜を書いている最中のヴォルフィと話をするのは楽しかった。彼はコンスタンツェの知らないことをたくさん知っていた。

「スタンツェル、知っている？　英国人の朝食はバター付きのパンと紅茶なんだ」

書き上げた箇所を確認していたかと思うと、彼は急にこんなことを言い出した。

「ヴォルフィ、私が英国に行ったことがないからって、からかっているの？　紅茶を朝食に飲むなんておかしいわ」

紅茶はオーストリアでは薬用の飲み物だ。

「本当なんだよ。僕はこの目で見たんだ。英国貴族は朝夕、欠かさず紅茶を飲む。しかも牛乳を入れて飲むんだ。あと英国で飲んだパンチはおいしかったな」

パンチはヒンズー語で五を表し、アラク酒、砂糖、レモン、水、紅茶の五種類の材料で作られた飲み物だ。欧州社交界の飲み物として人気が高かった。

話しながらも、ヴォルフィの羽根ペンは動き続ける。

「飲み物といえば、ボローニャの修道僧たちはココアを飲んでいたな」

ココアは高級な飲み物で、コンスタンツェは名前しか聞いたことがなかった。ヴォルフィは何度か飲んだことがあるという。

「神に仕える聖職者は粗食だと思っていたんだけど、どうもそうではないらしい。彼らは葡萄酒も飲むし、高級なお菓子も食べる。食事に何時間も費やすんだ」

「想像できないわ。聖職者の暴飲暴食は『七つの大罪』で禁じられているもの」

「本当だよ。ミラノでも肉を食べてはいけない日に聖職者たちが肉料理を食べている姿を見た。彼らの食卓は時に王侯貴族たちより豪華だった。そうそう、スイカって食べたことある？　人の頭のような大きさで、皮が皺模様なんだ」

「ヴォルフィ、また私をからかっているのね」

「本当だよ。この国で食べたことがあるのは、僕だけじゃないかと思うけど」

彼の話は子供の自慢話のようだったけれど、コンスタンツェはいつしかヴォルフィとの時間を心待ちにするようになっていた。

ヴェーバー家に住むようになってから、ヴォルフィはずっと作曲を続けていた。ふと気になり、コンスタンツェは訊いた。

「ヴォルフィは今、何の作曲をしているの？」

「ここだけの話だけど、ドイツ語の音楽劇だよ」

「ドイツ語……？」

コンスタンツェは耳を疑った。この国の歌劇はイタリア語が主流だ。ドイツ語の音楽劇もあるが、より大衆向けで、質においてイタリア歌劇に劣るとされた。

「ヴォルフィ、私も声楽をかじったから知っているけど、ドイツ語は歌に向かないわよ。

音が硬いもの」

「なんで？」

　ヴォルフィはきょとんとした。

「なんでって……」

「そんなのやってみなければわからないよ。ドイツ語が歌に向かないって誰が決めたんだ。そういうのは、イタリア人音楽家たちが勝手に言っていることだ。ドイツ語もイタリア語に負けないほどすばらしい」

　彼の顔は、ゆるぎない確信に満ちていた。

「どの国にもその国を代表する歌劇がある。でも、どうしてこの国にはないんだろう。それはこの国の人々がイタリア歌劇こそ最良であるという先入観にとらわれて、ドイツ語の魅力に気づいていないからなんだよ。僕はドイツ語の傑作（けっさく）音楽劇を作る。そして、皆を驚かせたいんだ」

　ヴォルフィは歯を見せ、子供っぽく笑った。

　彼の手元にはその音楽劇の配役表があった。彼は――ただ音楽劇を作曲していただけではない。その配役の歌手の音域や個性にあわせ、曲を作っていた。

　彼の頭にあるのは美しい音楽だけではない。膨大（ぼうだい）な知識が詰め込まれている。ドイツ語の音と歌詞、歌手、オーケストラ、劇場の音響――すべてを考慮(こうりょ)し、それらが最大限に生かされるように気を配っていた。

　そのドイツ語の音楽劇の依頼主が誰であるかは、ヴォルフィは話さなかった。だから、コンスタンツェも訊かなかった。が、すべての事情はややあって明らかになった。

　彼は本当に、あの方と対等に会っていたのだ。

＊＊＊

「聞いたわ。あのヴォルフィが今、ヨーゼフ二世陛下のご命令で音楽劇を作曲しているんですって。どうして教えてくれなかったの？」

　新婚の姉アロイジアが久しぶりに実家を訪ねてきた。飾り立てた帽子に貴婦人のような装(よそお)い――ヴェーバー家の四人姉妹で一番の美貌(びぼう)と美声を持つ彼女は、今やウィーンの劇場の人気歌手だ。

「ヨーゼフ二世……のご命令？」

　アロイジアの言葉にヴェーバー家の女たちは皆、狼狽(ろうばい)した。コンスタンツェも驚いた。ヴォルフィの話は嘘ではなかった。彼は本当に皇帝と面識があり、作曲を依頼されたのだ。

「うちに下宿しているのは知っているのよ。彼に会わせてちょうだい。歌手はまだ決まっていないんでしょう？　御前演奏の機会なんてそうあることじゃないのよ」

「それが――」

アロイジアの剣幕に母は口ごもった。ヴォルフィは先日「神の眼館（ツム・アウゲ・ゴッテス）」から出て行った。ザルツブルクの父親から手紙が来て、若い女が住む家に下宿するのは世間体（てい）がよくないと説（と）き伏せられたのだ。引っ越し先はそう遠くない場所で、食事を運ぶことはあったけれど――。

「陛下のご依頼なんて――なんで黙っていたんだい、スタンツェル」

アロイジアが帰った後、母ツェツィーリアはコンスタンツェに詰め寄った。

「私も知らなかったのよ」

それは本当だった。ヴォルフィの口からヨーゼフ二世の名前は聞いていたが、まさか本当にヴォルフィに作曲の依頼があるとは思っていなかった。

「まあいい。ヴォルフィに夕食を持っていくときに頼んでおいで。今作曲しているオペラとやらにアロイジアを起用するように」

「そんな……」

食事の入った籠（かご）を持たされ、コンスタンツェは家の外に追い出される。

ヴォルフィに頼み事をするのは簡単なことではなかった。彼は日中、ほとんど家にいなかったし、家にいたとしても、いつも上機嫌で迎えてくれたわけではなかった。

この日もそうだった。

「ああ、スタンツェルか……」

部屋の扉を開けたヴォルフィはコンスタンツェの顔を見てほっとした表情をした。彼は憔悴しきった様子だった。

「また寝ないで作曲していたの？　たまには休みも必要よ」

薄暗い部屋には物が散乱し、その上に埃が積もっている。彼はひとたび作曲に夢中になると、生活そのものが疎かになった。

「スタンツェル、助けてほしい。王国の危機なんだ。灰色の外套を着た男が僕を連れて行こうとするんだ。彼はきっと死の国の使いだよ。僕を地獄に連れて行くつもりなんだ」

そう言ってヴォルフィはコンスタンツェにとりすがり、胸に顔をうずめた。彼は五歳も年上なのに、子供のようだった。

「また……夢を見たのね。ヴォルフィ」

大人の体をした子供だと思えば、彼の行為を素直に受け入れることができた。頭を撫でると、彼の金色の髪が波打った。

「いつか、僕は死の国に連れて行かれる。そうしたら僕の王国はどうなるんだろう」

「ヴォルフィ、誰でもいつかは神様の御許に召されるのよ」

「僕は――神様の御許に行けない。僕は三年前にお母さんをパリで殺した罪人だ」

母親の死は――ヴォルフィの心に暗い影を落としていた。

「パリで飛び回っている間、僕はお母さんを下宿先に放ったらかしで……お母さんが体調を崩したことも知らず、症状がひどくなるまで医者に診せなかった。言葉もわからない見知らぬ土地で、一人で過ごし、お母さんはどんなに心細かったことだろう。瀉血をしてはいけなかったのに、瀉血をしてしまった。そうしたらあっという間に……」

ヴォルフィは嗚咽を漏らした。

この時代の主な治療法は瀉血だった。体内にたまった有害物を血液と共に体外に排出すれば健康になると考えられていた。が、瀉血の効果には個人差があり、瀉血のせいで命を落とす人も少なくはなかった。

「僕は……お金がなくて十分な葬儀をすることもできず、お母さんをパリに置いて帰ってしまった。アロイジアが僕を見捨てて、違う人と結婚するのももっともだ。僕はお母さんを殺してしまうような人間なんだから」

母親が亡くなった後、ヴォルフィは故郷ザルツブルクに戻る旅の途中でヴェーバー家を訪れた。そこに想いを寄せるアロイジアがいたからだ。しかし、そのときの彼はひどい精神状態で、一文無しだった。だから皆はひどい言葉で彼を追い払ってしまった。

彼はこんなにも繊細で、傷つきやすい人なのに——。

「スタンツェル、どうしたら死の苦しみから逃れることができるのだろう」

「大丈夫。ヴォルフィは死なないわよ」

「スタンツェル……。僕が病気になったとき、絶対に瀉血だけはしないでほしい」

「約束するわ」

コンスタンツェはすがりつくヴォルフィの体を抱きしめる。彼の体はこんなにも小さい。

「きみはいい人だね、スタンツェル」

落ち着くと、ヴォルフィは先ほどの鬱状態が嘘のように機嫌を取り戻した。

「僕がウィーンに来たときに真っ先に頭をよぎったのがヴェーバー家の人たちだったんだよ。フリードリンさんもいい人だったし、アロイジアもいい子だ。きみたちは皆、マンハイムで初めて会ったときから親切だった」

親切だったのは、下心があったからだ。コンスタンツェがヴォルフィに食事を運ぶのも、純粋な親切心からではない。母の企みだ。しかし、ヴォルフィは人の善意の裏を見抜くことができなかった。

コンスタンツェは話題を変えた。

「ねえ、ヴォルフィが今作曲している音楽劇はどんなお話なの？」

「誘拐(ゆうかい)された恋人を救いに行く話」

「おもしろそうね」

「でも、まだ内緒だよ」

ヴォルフィは台本を五線紙の下に隠した。皇帝命令で、本番まで極秘にしておかなくてはならないらしい。

「そうだ、スタンツェルは好きな人はいる？」

ヴォルフィはいたずらっぽく訊いた。

曖昧(あいまい)にかわすこともできただろうけれど、

「……いないわ」

コンスタンツェは正直に答えた。ヴォルフィの前だと不思議と嘘がつけなくなる。

「恋をしたことは？」

「ないわ。これからもする予定はない」

「どうして？」

ヴォルフィは目をぱちくりさせた。

「近いうちに結婚するから」

「誰と？」

「わからないわ。わからないけど――お母さんが探してきた人と結婚するのだと思う」

「愛してもいない相手と結婚するの？」

「そんなの……普通よ。皆が皆、恋愛結婚しているわけではないと思うわ。私は姉さんたちのように歌えないから、生活のためには仕方がないの。恋をするなら――そうね、結婚してからにするわ。私と結婚してくれる人に尽くすの」

「相手がものすごく年上で、太っていて、嫌な性格の相手でも好きになれる？」

「努力するわ」

「結婚まで恋をしないなんて寂しくない？」

「大丈夫よ。寂しくなったら劇場に行くもの」

「劇場に？」

「アロイジアが勤めている劇場なら、アロイジアの口ききでリハーサルが見られるの。そこでオペラやお芝居を見て、美しい音楽に包まれて――幸せな気分になるの」

ヴォルフィはコンスタンツェの体を押しのけ、立ち上がった。

「どうかしたの？　……ヴォルフィ？」

「……ちょっと散歩してくる」

　ヴォルフィは上着をはおり、飛び跳ねるように部屋を飛び出した。コンスタンツェが届けた食事も、コンスタンツェのことも目に入っていないようだった。

　これもいつものことだった。おそらく曲想を練りに行ったのだろう——そう思い、部屋を片付けていると、彼は息せき切って戻って来た。

「スタンツェル、きみに訊くのを忘れていた。この音楽劇の初演、観に来てくれるよね？」

「皇帝陛下がご出席なさるんでしょう？　恐れ多くて行けないわ。服もないし……」

　そう答えると、ヴォルフィは首を傾げた。

「どうして？　彼も同じ人間だよ」

　その言葉にコンスタンツェははっとする。今の会話を聞かれなかったか周囲を確認する。幸い、誰もいなかった。視線を戻したとき、ヴォルフィの姿はもう目の前になかった。

　皇帝と庶民である自分を同一視するなど、不敬極まりない。だけど、彼の頭に階級の垣根はなかった。彼は臆することなく、やすやすと壁を越えて行った。その堂々とした姿は——まるで一国の国王のようだった。

年が明けた一七八二年。ヴォルフィはすっかりウィーンで話題の人になっていた。

昨年の十二月、ロシア大公を歓迎する催(もよお)しで、ヴォルフィは当代随一(ずいいち)と謳(うた)われたイタリア人ピアニストのクレメンティと競演した。両演奏家の名誉のため、公(おおやけ)に勝敗はつけられなかったが、ヴォルフィの演奏を聴いたヨーゼフ二世は大層なご満悦だったという。

そのヨーゼフ二世がヴォルフィにドイツ語の音楽劇の作曲を依頼した。

共同統治者であった母の死後、ヨーゼフ二世はさまざまな改革に着手した。その一つが、多くの言語が飛び交う帝国内の公用語をドイツ語に統一することで、ヴォルフィへの作曲依頼はその政策の一環だった。

「しかし、陛下のご依頼とはいえ、難題をふっかけられたものだね」

ヴェーバー家でも、コンスタンツェのいないところで家族会議がもたれた。

「オペラといえばイタリア語じゃないか。ヴォルフィはうまくやれるのかね」

「わからないわ。いくら天才でも、ヴォルフィに処世術があるとは思えないし」

「でも、大きなチャンスではあるわね」

ヴォルフィが成功するかどうかは、正直なところ、誰にもわからなかった。が、成功したら、ヨーゼフ二世の信任が得られ、出世の道が開かれる。

皆の意見は合致した。

「スタンツェルのために――あれをやるしかないね」


コンスタンツェは家族の思惑など知らなかった。母に言われるまま、ヴォルフィに食事を運び、身の回りの世話をした。事実、ヴォルフィには女手が必要だった。

彼は慌ただしく動き回っていた。朝、髪結い師に髪を結わせると、どこかに出かけて行き、食事を摂りに部屋に戻ることもあれば、遅くまで戻ってこないこともあった。

毎週日曜日は支援者のスヴィーテン男爵の音楽会に行った。スヴィーテン男爵家はマリア・テレジアの侍医をつとめた由緒正しい宮廷医の家柄だ。バロック音楽の愛好者であった男爵は大量の楽譜を収集しており、ヴォルフィは男爵からバッハやヘンデルの楽譜を大量に借り、対位法の勉強に明け暮れた。

彼は無から音楽を生み出したわけではなかった。いろいろな演奏会に足を運び、ほかの作曲家の作品の研究にも励んでいた。

寝食を忘れ、音楽にのめりこめる――。それもまた神からあたえられた才能だとコンスタンツェは思った。彼は別の世界の人間だ。遅かれ早かれ、自分の前からいなくなるだろう。ならば、束の間でもいい、彼の傍で、彼が描く夢の世界に浸っていたかった。

しかし――。

市場に行ったコンスタンツェは、なじみの売り子に呼び止められる。

「ヴェーバーさんとこの娘さんじゃないか。聞いたよ。式はいつなんだい？」

「式？　……なんのことですか？」

怪訝そうに訊き返すコンスタンツェに売り子は笑った。

「いやだよ、とぼけたりなんかして。お母さんから聞いて皆知っているよ。あんた、モーツァルトさんと結婚するるんだろう？」

「ヴォルフィと……私が……？」

コンスタンツェは目を見開いた。

「そんなはずありません。だって――」

「彼の家に入り浸っているそうじゃないか。式を急ぐってことはさては――」

売り子はにやりと笑って、コンスタンツェの腹部を見た。

「お母さん！　私がヴォルフィと結婚するって、どういうことなの？」

市場から帰ったコンスタンツェは母ツェツィーリアに向かって言った。体は怒りでふるえた。自分は敬虔なキリスト教徒だ。なのに世間では婚前交渉をするような、ふしだらな娘だと思われている。その噂を流したのは、目の前にいる母だ。

「そうきんきん怒鳴らないでおくれよ。二日酔いの頭に響く」

「私はお母さんに言われてヴォルフィに食事を運んだだけよ。私たちの間には何もないのよ。なのに……私が身ごもっているだなんて……」

「お前のためにやったことじゃないか。ああやって外堀を埋めているんだよ。ヴォルフィを逃すと、お前は結婚できないかもしれないからね」

「ヴォルフィを巻き込まないで。ヴォルフィは今大事な仕事をしているのに、なぜ変な噂を流して彼の邪魔をするの？」

「お前こそ、あれだけヴォルフィと会っておきながら、なんでアロイジアを売りこまなかったんだい。ヴォルフィの音楽劇のヒロイン役はアロイジアの先輩のカヴァリエリに決まったそうじゃないか。ただで、ヴォルフィに食事を作ってやったわけじゃないよ」

「それは……」

「気が利かないのはお前のほうだろう。まあ、いいよ。さっきヴォルフィが来たときにこれにサインをしてもらったから」

母は書類を差し出した。日付とヴォルフィのサインが入っている。難しい単語ばかりの書類だ。文字を追い、数字と書式から内容をつかんだコンスタンツェは目をむいた。

「三年以内にコンスタンツェ・ヴェーバー嬢と結婚しない場合は年間三〇〇グルデンを支払うこと――ですって？」

これは結婚契約書だ。

「どうしてこんなものが……」

コンスタンツェは叫んだ。作曲に没頭しているときのヴォルフィは上の空だ。そのときを狙って、彼を騙してサインさせたのではないだろうか。

「ヴォルフィのせいでお前が根も葉もない噂に傷ついていると言ったら、書いてくれたよ。これでお前も無事に結婚できる」

母が作成した結婚契約書は、その時代の寡婦なら誰もがやることではあった。自分の老後の生活のため、義息に定期的な資金援助を要求するもので、コンスタンツェの姉アロイジアが結婚するときも、夫ランゲに年間七〇〇グルデンもの仕送りを約束させた。母はそれに飽き足らず、ヴォルフィにも同じ契約書を書かせたのだ。

「ひどい……。どうして私を利用するの！」

「スタンツェル、冷静におなり。生活のためじゃないか。この契約書さえあれば、お前は生活に困らないよ」

「無理よ。私がヴォルフィの婚約者になれるはずはないわ。彼は——何も言わないけど、アロイジアのことをまだ想っているのよ」

「だったらなおさらだ。ヴォルフィにアロイジアを推すんだよ。そのくらい家族のためにしてくれてもいいだろう？　お前が私たちの役に立つことなんて少ないんだから。お前にとっても悪い話じゃないはずだ」

母の言うことはもっともだった。が、何度頼まれても、コンスタンツェは首を縦に振ることができなかった。


一七八二年七月十六日。

ヴォルフィの作曲したドイツ語の音楽劇は『後宮からの逃走』という題名だった。初演が行われる帝室ブルク劇場は、ヨーゼフ二世によって、ドイツ語演目の上演のための国立劇場として再組織された。

初演にはコンスタンツェたちも招待された。華やかな飾りのついた白い鬘。コルセットでウエストを絞り、白い胸を盛り上げ、美しいドレスを纏う。

上流階級の社交場でもある劇場は、非日常の世界だ。大好きな空間なのに、コンスタンツェの気は重かった。

「ったく恩知らずな子だよ。これまでアロイジアのおかげで食べてこられたっていうのに。私がどんな思いで結婚契約書を作成したかも知らず……。後見人にも迷惑をかけて……」

前を歩く母がゾフィーに零(こぼ)しているのは、コンスタンツェのことだ。家族に催促(さいそく)されたが、結局、コンスタンツェはヴォルフィにアロイジアを推薦(すいせん)することができなかった。それにはコンスタンツェなりの言い分があった。

ヴォルフィは台本を渡された時点で、音楽劇の配役表も持っていた。つまり、配役は事前に決まっており、彼の一存での変更は不可能だっただろう。また、ヴォルフィは配役表に挙げられた歌手を対象に独唱曲(アリア)を作曲していた。要するに、ヒロインのアリアは、カヴァリエリが持てる能力を最大限に生かせるように作曲されたものだ。その曲は――アロイジアのものではない。

ヴォルフィがこの音楽劇のためにどれだけの力を注いだかコンスタンツェは知っている。だからこそ、彼の――繊細(せんさい)な世界を、自分たちの身勝手なふるまいで壊したくなかった。それでコンスタンツェは、母が苦心してヴォルフィにサインさせたという結婚契約書を、母の目の前で破り捨てた。

母はいまだにそのことを根に持ち、長女ヨゼファと四女ゾフィー相手に愚痴をこぼす。場所が劇場でもおかまいなしだった。

豪奢なシャンデリアがいくつも吊るされた馬蹄型の劇場に、極上の装いの人々が集う。一階席に座るのは王侯貴族だ。皇帝が到着すると、一同は立ち上がり、頭を下げる。高貴な人がいる場所で座ってはならない。皇帝が皆に座るように合図をし、やっと腰を下ろすことができる。

オーケストラピットにも楽団の人々が入ってくる。ヴォルフィの華々しい演奏旅行の話は、耳にたこができるほど聞かされたが、錚々たる観客席を見ると、コンスタンツェはわがことのように緊張した。

（ヴォルフィは人前での演奏は慣れていると思うけど、大丈夫かしら……）

劇場にはアロイジアも夫同伴で来ていた。ブルク劇場は彼女の職場でもある。彼女は人の波をかき分け、ヴォルフィが用意してくれたヴェーバー家のボックスにやってきた。

彼女の顔をみると良心が痛んだ。妹ということで便宜をはかってもらい、劇場に入れてもらったのに、自分は姉のために何もできなかった。

「聞いたわ。ヴォルフィとの婚約を破棄したんですって？」

コンスタンツェの顔を見て、アロイジアは単刀直入に訊いてきた。

「だって、お母さんはヴォルフィを罠にかけるようなことをしたんだもの」

「全部あなたのためじゃない。お母さんは自分が悪者になってでもあなたを幸せにしようと考えたのよ。……まあ、ヴォルフィが成功するかどうかはまだわからないけど」

「どうして？」とコンスタンツェは訊き返す。

劇場は満席だ。話題のドイツ語音楽劇の初演。天才音楽家ヴォルフィの作曲。ヨーゼフ二世の寵愛。失敗する要素はないように見受けられた。

「馬鹿ね。ヴォルフィが人気だから満席なのではないわ。むしろその逆。観客の大半は彼の失敗を一目見ようと集まってきた人たちよ」

御覧なさい――と言って、アロイジアは視線を舞台側に移した。

「あの舞台脇の席に座っているのがイタリア人宮廷音楽家たちよ。中心にいるのが楽長のアントニオ・サリエリ」

ヨーゼフ二世の信頼厚く、宮廷でもっとも権力を持っているイタリア人音楽家だ。コンスタンツェのいるボックスからだとはっきりと見えないが、柔和な雰囲気の中年男性で、弟子たちをひきつれている。

「彼も内心おだやかではないでしょうね。陛下はイタリア人音楽家ではなく、ドイツ系音楽家を起用しようとしているんだもの。もし、ヴォルフィが成功したら、自分たちが追いらっしゃるからさすがにそう多くの野次は飛ばせないでしょうけれど」

「作品の出来と成功は関係ないの？」

「スタンツェル、作品の良しあしを見分けられる人がどれだけ存在すると思っているの？すべては皇帝陛下の胸ひとつよ。陛下がいいと思えばいい、悪いと思えば悪い。野次が多ければ――それが意図的に仕組まれた陰謀工作だとしても、失敗作と思われるのよ」

コンスタンツェの背筋に冷たいものが走った。

知らなかった。この美しい場所は戦場でもあるのだ。

いずれにしても、この日がヴォルフィにとっても、コンスタンツェにとっても、転機になるのは間違いなかった。この舞台の後に待っているのはヴォルフィとの別れだ。

成功すれば、ヴォルフィはヴェーバー家から遠ざかる。失敗すれば、ヴォルフィとの交流を母は許さないだろう。

（どうか神様、ヴォルフィをお守りください。どうかヴォルフィが成功しますように。彼がこれ以上、悪い夢を見ませんように）

十字を切り、祈るコンスタンツェをアロイジアは怪訝そうに見つめた。

「スタンツェル、あなたもヴォルフィと一緒ね。身内でもない人の幸せを心から願えるなんて変わっているわ」

オーケストラの楽団員の間を縫って、ヴォルフィが指揮台の上にあらわれる。正装している彼の姿を見るのははじめてだった。彼の衣装は遠目にも鮮やかだ。

彼の手が動き、音楽がはじまった。軽快なメロディーの中、トルコを彷彿させる打楽器が打ち鳴らされる。

『後宮からの逃走』のあらすじは単純明快だ。海賊にさらわれ、トルコの太守の宮殿に奴隷として囚われている恋人を、貴族青年ベルモンテが救出しに行く。ベルモンテは従僕や恋人の侍女の助けを借り、恋人を連れ出すことに成功するが、宮廷の番人に妨害されて捕まってしまう。あわや処刑というところで、太守に赦され、恋人と共に帰国する。

序曲が終わったところで、苦労の果てに太守の宮殿に到着したベルモンテが囚われの恋人を想い、アリアを歌う。

その力強い歌を聴いたとき、コンスタンツェの心がふるえた。

ここでようやくあなたに会えるのか

コンスタンツェ！　あなたに　わが幸せよ！

くしくも、ヒロインの名前は自分と同じコンスタンツェだった。

（コンスタンツェ……？）

コンスタンツェは欧州（おうしゅう）ではありふれた名前だ。だから、名前の一致は単なる偶然なのだろう。しかし、コンスタンツェの胸は高揚（こうよう）した。同じ名前だからこそ、そのアリアがまるで自分に対する恋の調べのように聞こえる。外国語ではなく、ドイツ語の歌だからこそ、歌詞がするりと胸の中に落ちる。

その後もベルモンテはコンスタンツェの名を呼んだ。コンスタンツェは自分がその囚われの恋人であるかのような感覚を覚えた。

観客たちは舞台を見ながら、ちらちらと皇帝の反応をうかがっていた。が、いつの間にか皆の目は舞台に釘づけになっていた。コンスタンツェもそうだった。音楽を聴き、芝居（しばい）を見ていると、胸に抱えていた気まずさ、わだかまり――すべてが吹き飛んでしまう。

そこは夢の世界だった。

美しい音楽に包まれながら、コンスタンツェは信じられない思いでいた。

この作曲をしている間、ヴォルフィはコンスタンツェとおしゃべりをしていた。くだらない会話をしている中、彼の手はこんなにも壮大で、美しく、新しい音楽を写しとっていたのだ。

　全三幕の音楽劇。席を立つ人はいなかった。

　フィナーレに突入すると、誰もがヴォルフィの成功と新しい時代を確信した。幕が下りた瞬間、ヨーゼフ二世は立ち上がり、ヴォルフィを祝福しに行った。

「ブラボー！」

「ブラボー、モーツァルト！」

　満場の拍手の中で、母はコンスタンツェの腕をひいた。

「さ、ヴォルフィに会いに行くよ」

　コンスタンツェは戸惑った。ヴォルフィの周囲に、多くの人々が集まっていた。王族や貴族——高貴な人たちばかりだ。

「……行けないわ。私たち、関係ないじゃない」

「関係ないことがあるものか。ヴォルフィがお前と婚約した噂は立っているんだ。婚約者じゃなくとも、私たちはヴォルフィと親交があるじゃないか」

「そうよ、スタンツェル。これはチャンスなのよ。せめてあそこにいるえらい人たちに顔を覚えてもらわないと。ご縁がどこでどうつながるかわからないんだから」

母と姉妹たちに説得された。けれどコンスタンツェは承諾できなかった。彼の成功に水を差す気がしたからだ。自分たちのような人間と知り合いであると知られるのは、彼にとって望ましくないことだ。

「スタンツェル、どこに行くの！　お待ち！」

母の手をふりほどき、コンスタンツェは劇場の外に出た。夜風の中、音楽劇の余韻に浸り、しばらく幸せな気分を味わっていたかった。

『後宮からの逃走』の成功後、ヴォルフィはウィーンの一流音楽家の仲間入りを果たした。二回目以降の公演では野次が飛ぶこともあったが、それを「ブラボー」の声が凌駕した。マリー・アントワネットのピアノ教師を務めた宮廷音楽家のグルックもヴォルフィを絶賛した。観劇後、「音符が多すぎる」と感想をのべたヨーゼフ二世に対し、ヴォルフィは「いいえ、ちょうどいい数です、陛下」と反論したという。不遜ともとれる彼の行為を、ヨーゼフ二世は寛大な心でゆるした。物怖じしないヴォルフィは世間から好意的に受け止められた。そして、人々は彼がかつて「神童」として各国の宮廷を席巻した天才音楽家であったことを思い出した。

彼は忙しくなり、家に戻ることが少なくなった。

「ほらごらん。お前のせいだよ」

食事の席で母ツェツィーリアはコンスタンツェをなじった。

「あきれた娘だ。お前は見返りなしにヴォルフィに親切にしていたのかい。どこまでもお人よしだね。お前は私が考えた計略をすべて台無しにしたんだよ」

同じテーブルを囲む姉ヨゼファと妹ゾフィーは二人のやりとりを黙って見守っている。

「お金も入れないのに、いつまで家にいるつもりだい。お前の生活費は私の年金から出ているんだよ」

「私だって何もしていないわけじゃないわ。家事を手伝っているじゃない」

「だったら外で女中でもおやり」

「そんなのいやよ」

「わがまま言っている場合かい。私だってあと何年生きられるかわからない。いつまでも頼られても困るんだよ。お前の父親みたいに卒中の発作でぽっくり死ぬかもしれない。そうなってからでは遅いんだよ。お前に歌の道はないんだから」

この時代、女性がつける職業は限られていた。職が見つからなければ結婚するしかない。

コンスタンツェは一人で下宿部屋の掃除をする。ヴォルフィが出て行ってから、部屋は空き部屋になっている。だから収入がなくて、母はいらだっている。

次の下宿人があらわれないのは、悪評が広まったからだ。ヴェーバー家はヴォルフィを陥れようとした一家だと。

誰もいないのを見計らい、コンスタンツェは頭に浮かんだ旋律を口ずさむ。ヴォルフィの『後宮からの逃走』のアリアだ。カヴェリエリのソプラノの美声が頭に残っている。

彼女のように歌えれば——仕事がもらえただろう。

歌は小さい頃から好きだった。父が生きていた頃、父と姉妹たちでクラヴィーアを囲んで合唱した。教会に行けば讃美歌を歌った。舞台に立ち、人前で歌える日を夢見た。でも、かなわなかった。楽器なら技術を磨けばいい。けれど、声楽は生まれ持った資質が肝心だ。歌手本人が楽器であり、楽器本体の出来が悪ければ、いくら練習してもいい音は出ない。

歌が歌えれば、音楽劇の——夢のような世界の一員になれる。絢爛豪華な舞台に立っている間、別の人間になり、別の人生を経験することができる。それから、夢のような恋をする。そして——。

歌いながら外に出て、家の前の階段を掃除していると、目の前に誰かが立っていた。貴族が履くようなヒールのある靴。金モールで縁取られ、豪華な刺繍がほどこされた上着。頭には最新流行の鬘。『後宮からの逃走』が成功を収めて以来、彼の装いに磨きがかかったようだった。

「……ヴォルフィ」

　彼に歌を聴かれたのかと思うと、コンスタンツェは恥ずかしくなった。

「やあ、スタンツェル。最近、僕の家に来た気配がないからどうしたのかと」

「なんでもないの。ちょっとお母さんと口論して……。たいしたことじゃないの。だけど……もうこの家にはいられないかもしれない。皆にとって私が負担なの。結婚したくないなら女中でもして働けって。でも女中だってそう簡単に見つかるはずも……」

「そっか。じゃあ、僕と一緒に行こう」

　コンスタンツェが話し終わらないうちに、ヴォルフィはコンスタンツェの手をとった。

「待って、ヴォルフィ。行くってどこに？」

「男爵夫人にかけあってみるよ。彼女ならきみを置いてくれると思う。ちょっと待たせるかもしれないけど」

「就職口を斡旋（あっせん）してくれるの？」

「うん」

　ヴォルフィはコンスタンツェの手を握り、階段を駆け下りる。彼はコンスタンツェの歌に応えるように歌った。それは『後宮からの逃走』の、ベルモンテのアリアの一節だった。

ここでようやくあなたに会えるのか、コンスタンツェ！


ヴォルフィは悪ふざけや冗談が好きだった。

コンスタンツェの口元から思わず笑みがこぼれた。

今、目の前にいるヴォルフィはベルモンテで、囚われのコンスタンツェを救い出そうとしている。そんな錯覚にとらわれた。

二人は手をつないだまま、石畳を走った。

ヴォルフィは離れた場所に停めていた馬車の扉を開くと、コンスタンツェと一緒に乗りこんだ。馬車はヴォルフィの支援者である男爵夫人の屋敷に向かった。

そこでコンスタンツェを待っていたのは、確かに就職先だった。が、一度その職に就くと、辞職できないことを――コンスタンツェはまだ知らなかった。

二　後ろの王国

フォン・ヴァルトシュッテン男爵夫人の邸宅。

客間の窓辺に佇み、コンスタンツェはヴォルフィの音楽劇『後宮からの逃走』の一節を口遊んだ。『後宮からの逃走』は成功し、再演を重ねているという。

ヴォルフィに連れられ、コンスタンツェは彼の支援者である男爵夫人の屋敷に来た。そして客間に部屋をあたえられた。

催し物でもあるのか、ピアノが運び込まれたり、廊下が磨かれ、飾りが施されたりと邸内は慌ただしい。が、何日経ってもコンスタンツェに仕事の指示はなかった。部屋で待つように言われたままだ。

(本当は女中の空きなどないのに、ヴォルフィが無理を言ったのではないかしら。そのせいで男爵夫人を困らせているのではないかしら)

一人でいるとよからぬ考えが浮かんでくる。

コンスタンツェが男爵夫人邸に移り住んで何日か経った後、ヴォルフィが訪ねてきた。『後宮からの逃走』の成功で報酬を手にした彼は装いを新たにした。見たこともない派手な鬘をかぶり、煌びやかな上着を纏っていた。彼はコンスタンツェの部屋で楽譜を書いた。

「ねえ、ヴォルフィ。男爵夫人は私に何も命令なさらないのよ。私は何をすればいいいの？」

「何もしなくていいんだよ。きみは呼ばれるまでこの部屋で待てばいいんだ」

「そんなわけにはいかないわ。ご厄介になっているのに……」

「じゃあ、ここにいて僕の相手をしてほしい」

ヴォルフィは突っ立っているコンスタンツェにテーブルの前の椅子を指さした。

「仕事がはかどらないんだ。交響曲の依頼が入ったっていうのに……」

ヴォルフィは羽根ペンを走らせながら、ふてくされたように言った。

「きみがいないと楽譜が書けないんだよ。わかるかい？　僕の頭の中で、どんどん新しい音楽が生まれ続けていて、頭が破裂しそうなのに、外に出すことができない。その苦しみがどんなものか」

「……ヴォルフィ？」

「きみがいないと天才作曲家のモーツァルトは仕事ができない。大いなる損失なんだよ」

彼の青い瞳はまっすぐコンスタンツェを見つめた。

「じゃあ……女中の仕事はどうなるの？」

「きみは女中の仕事……がしたいの？」

「違うの？」

ヴォルフィはコンスタンツェの顔を見て、おかしそうに笑った。

彼があまりにもあけすけに笑うので、コンスタンツェは気恥ずかしくなった。

　彼は行き場を失った自分に就職先を紹介してくれたものだと思っていたのに、どうやら違うらしい。

「スタンツェル、僕はきみを女中にしたくてここに連れてきたんじゃないよ。きみは――女中仕事もできるかもしれないけど――誰にもない才能がある。僕の気持ちを安定させ、仕事に集中させる才能だ。そのことにかけてはきみは天才的だ。これは僕の偉大なお父さんにもできなかったことだよ」

　ヴォルフィの手がコンスタンツェの頰に触れた。彼の手はインクで汚れていたけれど、気にならなかった。

「それって――……」

「多くの人が僕の前で態度を変えた。成功すれば近づいてきて、失敗すれば離れて行く。僕の天才性はずっと変わらないのに。だけど、きみだけはいつも変わらなかった」

　しだいにコンスタンツェにもヴォルフィの意図がわかってきた。胸は驚きで一杯だった。彼の言う働き口とはまさか――。

「ずっと悩んでいたよ。きみが結婚契約書を破ったのは、僕のことが嫌いだからなのか。それで『後宮からの逃走』の初演の日に一人だけ先に帰ったのかと」

「違う。違うわ、ヴォルフィ」

母がヴォルフィにサインをさせた結婚契約書を破ったのは、そこに彼の意志がないと思ったからだ。

「きみの返事を……気持ちを聞かせてほしい」

ヴォルフィはコンスタンツェの手をとり、その甲に口づける。彼の顔は紅潮し、手はわずかに震えていた。

(どんな人の前に出ても緊張しないヴォルフィが……)

そう思った瞬間、胸が苦しくなった。

彼は人を驚かせることが好きだった。人を驚かせるために、念入りに計画を練り、準備が整うまで決して秘密を漏らさない。けれど、計画の裏には彼の真摯な心があった。

彼の告白と共に一枚、一枚、ヴェールをはぐように、真相が明らかになった。

男爵夫人はヴォルフィの計画の協力者だった。コンスタンツェをこの屋敷に呼んだのは、求婚のため。この邸宅が慌ただしいのは二人の披露宴の準備のため。ヴォルフィが待っているのは、ザルツブルクに住む父親からの結婚の許可。当時、成人男性でも、結婚の際は家長の許可をもらう習わしがあった。

(ヴォルフィが『後宮からの逃走』に招待してくれたのも、求婚の布石だったのかしら)

ヴォルフィは卑怯だとコンスタンツェは思った。部屋の外では複数の人が聞き耳を立てている。彼はコンスタンツェの意志など関係なく、計画を進めていた。それを詰ることもできなかった。もしかしたら、自分の心はとうに決まっていたのかもしれない。

ヴォルフィと一緒にいるのは楽しい。彼ほどの人はもう二度とあらわれないだろう。彼といれば、生涯、美しい音楽の世界にいることができる。

コンスタンツェの表情を読み、求婚の答えを知った瞬間、ヴォルフィはコンスタンツェを抱擁し、顔にキスの嵐をふらせた。

「小さなスタンツェル、僕の愛しい奥さん！」

「ヴォルフィ……。こんなところで……」

コンスタンツェは狼狽する。だけど、誰かに必要とされるのはうれしかった。彼の幸福な顔を見るのも。

「じゃあ、男爵夫人のところに行こうか」

「ええ」

差し出された手をコンスタンツェは握る。その手を二度と離したくなかった。

一七八二年八月四日。聖シュテファン大聖堂――アロイジアが式を挙げた場所で――ヴォルフィとコンスタンツェの結婚式が行われた。ヴォルフィは二十六歳、コンスタンツェは二十歳。ヴォルフィの親族からの出席はなく、ごく少人数の内輪だけの式だった。

＊＊＊

結婚後、コンスタンツェはヴォルフィの秘密を知った。

「ここだけの話だよ。天才モーツァルトは仮の姿で、僕はある王国の国王なんだ」

寝台の上で、彼はコンスタンツェに囁いた。彼の告白に驚きはしなかった。コンスタンツェも空想が好きだったからだ。

「王国の名前は『後ろの』というんだ。僕は素性を隠して世界を放浪し、王妃となる人物をさがしていたんだ」

「それが私なの？」

「うん」

「後ろの王国ってどんな国なの？」

興味をしめすと、ヴォルフィはうれしそうな顔をした。

「王様の名前はトラツォームというんだ」

Mozartを反対から呼んだ名前だ。ヴォルフィは親しい人にそう名乗ることがあった。

「僕の肩書は国王だけど、国民の権利を奪ったりするような王様じゃない。後ろの王国では皆好きなように生活することが保障されている。国民は皆善良で、音楽が好きなんだ。男性はパパゲーノ、女性はパパゲーナって呼ばれている」

「その名前はどういう意味なの？」

「ただ、そう呼ばれているんだ」

「じゃあ、国王もパパゲーノなの？」

「そうだね。僕もパパゲーノ。で、きみはパパゲーナ」

　コンスタンツェはくすりと笑う。パパゲーナなんて、とても安直な名前だ。

「皆は鳥の羽でできた服を纏っているんだよ」

「どうして鳥の羽なの？」

「そういうものなんだよ」

　ヴォルフィは物事に理由をつけて考えることをしなかった。すべては彼の頭の中で最初から決められていた。彼の書く音楽のように。

「ヴォルフィ、その国の王妃の役割は何なの？　私は何をすればいいの？」

　ヴォルフィはこほんと咳ばらいをし、いたずらっぽく口角を上げた。

「一番に夫を愛さなければならない。二番にパパゲーノとパパゲーナたちを愛さなければならない。三番に——国王に何かがあったときに、王国を存続させなければならない」

目を閉じれば、彼の世界が見えるようだった。想像の世界で遊ぶのは楽しかった。

「そうそう、『後ろの王国』には魔法の鈴があるんだよ。なんでも願い事が叶う鈴なんだ。スタンツェル、きみなら何を願う？」

「本当に叶うの？」

「叶うのは一つだけだけど、心から願えばね」

そう言われたとき、脳裏に浮かんだのは歌だった。何度も諦めようとしたけれど、諦められなかった。だから、コンスタンツェは口にした。

「魔法の鈴があるなら、人前で歌えるようになりたいわ。アロイジアのような声は持っていないけれど、いつか大舞台で歌いたい。それが私の夢だったの」

ヴォルフィは「わかった」と言って笑い、鈴をふる真似をした。その畏まった仕草を見てコンスタンツェも笑った。

が、彼の言葉を本気にしていたわけではなかった。空想は空想——そう思っていた。

あとになってコンスタンツェは後悔した。ヴォルフィの「魔法の鈴」を信じていれば、もっと深く考えて願い事を言っただろうに——。

天才とは空想を現実に変える能力を持つ人のことだったのだ。

＊＊＊

結婚生活は順調だった。

グラーベン通りの下宿先から「ホーエン・ブリュッケの赤い剣館」に引っ越した後、二人の間に子供が生まれた。

「小さなパパゲーノだ！」とヴォルフィは跳び上がらんばかりに喜び、その子をライムントと名づけた。ライムントは金褐色の巻き毛の、小さくて、まるまるした赤ん坊だった。

「すばらしいよ、僕の愛しい奥さん！」

ヴォルフィの笑顔を見るのはうれしかった。

出産後、コンスタンツェは数日間寝込んでしまったが、子供の誕生は多くの幸せをもたらした。子供のおかげで一時は亀裂が入りかけた母との関係が改善され、新居に母と姉妹たちが足しげく通ってくるようになった。

産着にくるまれ、ベッドで眠るライムントを囲み、皆は小声でささやきあった。

「いい声で泣くのね。この子は歌手になるよ」

「この口元の愛らしいこと。大きくなったら女たらしになるね」

「もう、やめてよ」

　コンスタンツェは苦笑する。

　ライムントの周囲は笑顔が絶えなかった。

　これが幸せというのだろうか。ライムントの小さくてやわらかい体を抱き、コンスタンツェは思いをめぐらせる。どんなに疲れているときでも、いやなことがあったときでも、ふっくらしたライムントの顔を見ると満ち足りた気持ちになった。この子のためならなんでもできる。自分の命さえ惜しくない――そう思えた。

　新しい家族が増え、幸せな日々を送る中、ヴォルフィがぽつりと言った。

「そうだ、スタンツェル。そろそろ旅行計画を立てないといけないよ」

　その言葉は真っ白な幸せに黒い染みを落とす。

「……どうしても行かないといけないの？」

　コンスタンツェは顔を曇らせる。ヴォルフィの故郷ザルツブルクを訪ねる計画は出産前からあったが、気がすすまず、妊娠(にんしん)を理由に延ばし延ばしにしていた。

「いい加減、僕の実家に結婚報告に行かないといけないよ。今行けば、お姉さん(ナンネル)の誕生日に間に合う。可愛(かわい)い坊やは乳母に預けよう」

「ライムントと離れたくないわ」

「王様の奥方は自分で育児をしないものだよ」

「私は自分でしたいの。ねえ、ヴォルフィ一人で行くわけにはいかないの？」

「愛しい奥さんを紹介するのが目的なのに、そんなつれないことを言わないでよ」

「だって……ヴォルフィのお父さまはきっと私のことをよく思っていらっしゃらないもの」

　ヴォルフィは実家の事情を話さないが、コンスタンツェは薄々気づいていた。ヴォルフィの父レオポルトは最終的に結婚を許可する手紙を送ってきたが、結婚に反対の姿勢を崩さなかった。

　結婚前、コンスタンツェはヴォルフィに頼まれ、レオポルトに挨拶の手紙を書いたが返事はなかった。第一子ライムントが生まれた後、洗礼式に来てくれるように頼んだが、断られた。

　ヴォルフィの父レオポルトは、ザルツブルク大司教の宮廷に仕え、すぐれた音楽教本を著し、国際的な知名度も高い。ヴォルフィと共に演奏旅行をし、王侯貴族の間を渡り歩いてきた彼からすると、息子がコンスタンツェのような庶民と結婚するなど思いもよらなかっただろう。しかもコンスタンツェは彼らのような名の通った音楽家ですらない。

「考えすぎだよ」とヴォルフィは笑った。

「お父さんは悪い人じゃないよ。第一、僕のお父さんなんだから。実際に会えば、きっときみを気に入ると思うよ」

ヴォルフィはいつもまっすぐだ。彼の目を通すと世の中に問題事は一つもないかのようだった。反論したいことはあったが、ヴォルフィが言うことにも一理あった。

結婚したのに一度も彼の家族に会わないのは確かにおかしなことだった。会わないまま関係がこじれてしまうのも嫌だった。

だから、コンスタンツェはヴォルフィの言葉を信じることにした。


ザルツブルクはウィーンの西約三百キロのところにある。馬車で数日がかりの旅だった。道中、ヴォルフィはザルツブルク大司教と喧嘩(けんか)別れしたことすら忘れ、はしゃいでいた。が、ザルツブルクに近づくにつれ、コンスタンツェの気持ちは沈んでいった。

ヴォルフィの父と姉に贈り物を用意したけれど、気に入ってもらえるだろうか。ライムントが成長してから、三人で来たほうがよかったのではないだろうか。そんな考えが渦巻(うずま)き、車窓を流れる美しい牧歌的な風景を楽しむことすらできなかった。

ヴォルフィの父レオポルトと姉ナンネルは、ザルツブルクの中心部、ハンニバル広場の舞踏教師の家と呼ばれる建物の二階に住んでいた。

「さ、スタンツェル」

差し出されたヴォルフィの手をコンスタンツェは取った。深呼吸し、髪を整え、身なりを確認する。

（ヴォルフィのお父さまとお姉さまに気に入ってもらえるようつとめないと）

開かれた扉の先で、その二人が待っていた。

「ようこそ」

二人とも華奢（きゃしゃ）で小柄なヴォルフィと違い、背が高かった。美しい顔立ちをしていたが、表情は厳しかった。緊張でろくに挨拶もできないコンスタンツェを黙って見下ろした。

「お疲れでしょう。部屋を用意しましたので、おくつろぎください」

二人は丁重な態度を崩さなかった。けれど、どこか冷ややかだった。

「お父さんはいつもああいう感じだよ」

ヴォルフィが慰めてくれたが、そうは思えなかった。家族として歓迎されていないことをコンスタンツェは思い知った。

ヴォルフィの実家は、ウィーンの自分の家とは何もかも違っていた。家長であるレオポルトは家族にとって絶対の存在で、すべて彼が決めた規律に従って行動しなくてはならなかった。決められた時間に食事をとり、決められた時間に仕事をし、欠かさず教会のミサに通う。食卓でも発言権は男性にあり、女性がおしゃべりに興じることは許されなかった。たまにヴォルフィが口を開き、音楽談義を持ちかけたり、自分の活躍ぶりや冗談めいたことを話したが、彼が口を閉じると、場はすぐに沈黙に包まれた。女性たちが好き勝手に話し合うコンスタンツェの実家の食卓とは大違いだった。

　音楽一家の家だけあって、音楽活動に制限はなかったけれど、住み込みの弟子がいて、常に人の目がある。息苦しさにコンスタンツェは音(ね)を上げそうになった。

　どうすればヴォルフィの父と姉に気に入られるのか見当もつかなかった。彼らはこれまでコンスタンツェが会ったことのないタイプの人たちだった。遊戯(ゆうぎ)や散歩に誘っても理由をつけて断られた。相談するにもヴォルフィは凱旋(がいせん)公演で忙しく飛び回り、家にいない。

　コンスタンツェは時間を持て余し、家の中を散策した。

　八部屋ある二階の一室は、ヴォルフィの博物館だった。神童時代の華々しい記念品が保存されている。どこかの貴族から贈られた宝飾品、金時計。ヴォルフィが使ったクラヴィーア。彼の父レオポルトは几帳面(きちょうめん)な性格で、手紙に限らず、ヴォルフィの物ならすべて丁寧(ていねい)に保管し、飾っていた。

　その中に、「後ろの(リッケン)」と書かれた、子供が描いたらしい絵があった。色彩豊かな鳥の羽を纏った子供たちが楽しそうに楽器を演奏している。魔法の鈴を持っている子供もいる。皆の前で指揮をしている大きな人は、王様だろうか。

（これがヴォルフィが話した「後ろの王国」なのかしら）

絵を眺めていると、

「何をしているんですか?」

鋭い声が飛んできた。ヴォルフィの父、レオポルトだった。

「ここにあなたに差し上げるようなものはありませんよ」

彼は手荒く、コンスタンツェを部屋から追い出した。

「ただ見ていただけです。私は何も……」

「あなた方の手口は知っているんですよ。結婚契約書で息子を騙すなどあさましい」

なぜ、彼が自分にこれほどの悪意を持っているのか、コンスタンツェは理解しかねた。それに結婚契約書など、身内しか知らないであろうことをなぜザルツブルクに住んでいる彼が知っているのだろう。

コンスタンツェの表情に浮かんだ疑惑の色を見て、レオポルトは言った。

「ウィーンにいる信頼できる知人がいろいろ書き送ってくれましてね。あなたがどんな人間であるか、十分に把握しているつもりです」

コンスタンツェは大きな目を見開いた。

自分の知らないところで、自分の噂が飛び交っているなど、想像したこともなかった。

（手紙……？）

手紙が情報伝達の手段であるなど知らなかったし、人々が手紙で会話を交わしているなど考えたこともなかった。

子供の頃から旅が多かったヴォルフィは近況を家族に書き送る習慣があった。が、コンスタンツェは文字を必要としない生活を送っていた。手紙で近況を報告をするような、遠方に住む知り合いはいない。話したければ、家に集まって喋ればいいだけだ。喋った内容もいちいち覚えていない。だが、手紙は記録として残り、何度も読まれる。そして、一度書かれたことは、手紙を破棄することがない限り、保存され、証拠として扱われる。

レオポルトの態度を見ると、ウィーンから彼に届けられた手紙の内容が推し量られた。

コンスタンツェは思い切って言った。

「その手紙に何が書かれていたか存じませんが……あなたは、私に会ったことがない人が書いた私の噂を信じるのですか？」

「あなた自身より信頼できますから。手紙の文面で人となりがわかるんですよ。教養の有無もね。あなたが貧しい家庭に生まれ育ったことは知っていますが、ご両親はよほど子供の教育に無関心だったんでしょうね」

　羞恥でコンスタンツェの顔が赤く染まる。ヴォルフィに頼まれて書いた手紙のことを指しているのだ。ヴォルフィは文法や綴りの誤りを正してくれなかった。体裁を取り繕うより、そのまま書いたほうがいいと彼は言った。コンスタンツェの手紙には心がこもっていると。彼の言葉を信じた自分が愚かだったのだ。

　レオポルトは自分たちとコンスタンツェの一家が不釣り合いだと暗に言った。十分な教育が受けられず、言葉を使いこなすことができなくとも、悪意を感じることはできる。

「あなたは私などと違って教養もあり、ご立派な方かもしれませんが――」

　コンスタンツェの唇は震えた。湧き上がる感情を抑えることができなかった。

「ですが、教養はなくとも、私の父は立派な人でした。やさしくて――少なくとも、誰かを貶めるような発言をする人ではありませんでした」

　言い終えると、コンスタンツェは部屋に向かって駆けた。舅に逆らうなどあってはならないことだ。けれど、我慢できなかった。ザルツブルク滞在はおよそ三カ月を予定していたが、これ以上は無理だった。

　ザルツブルクに来て楽しいことは何一つなかった。ヴォルフィが好きだというザルツブルク料理――ビールで作ったビアー・ズッペも、塩の街ザルツブルク特有のしょっぱい味付けも、鱈や鱒料理もうんざりだった。

頭の中にウィーンの懐かしい家族の顔が浮かび上がった。ライムント、母ツェツィーリア、姉ヨゼファ、アロイジア、妹のゾフィー。

(もう駄目。今すぐウィーンに帰る。ヴォルフィが何を言っても、私一人でもウィーンに帰るんだから！)

荷物を鞄に詰め込んでいると、かすかにクラヴィーアの音が聞こえた。コンスタンツェは耳をそばだてる。この音は間違いない。ヴォルフィだ。書き上がったばかりの新曲を弾いているのだ。

「……ヴォルフィ？　……帰ったの？」

音を頼りにホールに行くと、クラヴィーアを弾いていたのは、ヴォルフィではなかった。彼の姉ナンネルだ。

(そんな……)

いつも聴いているヴォルフィの音を聴き間違えるはずがないのに、間違えてしまった。クラヴィーアの名手であるヴォルフィが作曲する曲は技巧的に難しく、並の演奏家では初見で弾きこなすことができないという。が、ナンネルはまるで自分の曲のように軽々と弾いていた。

鮮やかな演奏ぶりにコンスタンツェは怒りの感情を忘れた。そして、彼女もかつて天才少女と呼ばれた人間だったことを思い出した。演奏旅行で各地を巡っているとき、ヴォルフィがヴァイオリンを弾き、姉ナンネルがクラヴィーアで彼の伴奏をしたという逸話を。

「何かしら？」

コンスタンツェの存在に気づき、ナンネルはクラヴィーアを弾く手を止めた。端整だが神経質そうな顔をコンスタンツェに向ける。

「あの……お上手なんですね」

沈黙に耐え切れず、コンスタンツェは言った。言ったあとで、あまりにありきたりな社交辞令だと悔いた。

「クラヴィーアがいくら弾けても、結婚できなければ意味がないわ」

「そんなこと……」

ナンネルはこのとき三十一歳で、独身だった。恋人がいたが、父の反対にあい、結婚できなかったという。

「ヴォルフィから聞いたことがあります。マリア・テレジア陛下の前で演奏したときに一緒に典礼服をもらったとか。ヴォルフィが言ってました。ナンネルも天才だったって」

「天才？」

ナンネルはおかしそうに笑った。

「ただ見世物にされただけよ」

「そんな……」

音楽にうるさいヴォルフィがナンネルの技量を高く評価していた。ウィーンに来れば、音楽教師として活躍できるはずだと言った。

コンスタンツェの言葉に、ナンネルは首をふった。

「私たちは王侯貴族たちの退屈しのぎにうってつけの娯楽(ごらく)だったのよ。目隠しして演奏したり、即興で演奏したり――。貴族たちの課題をこなしたら、褒めてもらえたわ。動物が芸をするのと同じことよ。音楽性を認めてもらったわけじゃないのに、私たちはいい気になっていた。野良犬だって気に入られれば、傍においてもらえるし、おいしい餌(えさ)がもらえる。それと同じことよ。決して彼らと対等に扱ってもらえたわけじゃないの」

ナンネルは譜面台の上の楽譜を集め、まとめた。

「あなたこそ、練習もせず、毎日無為に過ごして大丈夫なの？」

「え……？」

「大ミサまであと二カ月よ」

「大ミサ？　……なんのことですか？」

目を瞬かせるコンスタンツェを見て、ナンネルは怪訝な表情をした。

「あなた、ヴォルフィが作曲した大ミサ曲のソリストに抜擢されたんじゃないの？」


（私が大ミサ曲のソリストってどういうこと？）

ナンネルの言葉は青天の霹靂だった。

コンスタンツェはザルツァッハ川を渡り、丘の麓のペーター教会に行った。そこでヴォルフィは宮廷楽団員たちと凱旋公演の打ち合わせをしていると聞いたからだ。

息せき切って飛び込んで来たコンスタンツェをヴォルフィはにこやかに迎えた。

「スタンツェル、ちょうどよかった。きみにいい知らせだ。この教会で僕の大ミサを上演できることになった。きみにソプラノパートを歌ってもらいたいんだ」

「ヴォルフィ、そんなの聞いてないわ！」

コンスタンツェは叫んだ。自分が歌うなど相談すら受けていないのに、もう決定事項のような口ぶりだ。

「人前で歌いたいって言ったじゃないか。魔法の鈴に願っただろう？　だから叶ったんだ」

「ヴォルフィ、冗談はよしてちょうだい。どうして黙っていたの？」
「きみを驚かせようと思ったんだよ。遠慮することはないよ。きみも音楽家だとわかれば
お父さんだってきみを見る目が変わるよ」
「ヴォルフィ。私は歌えないわ。二年以上ろくに練習していないのよ」
ヴォルフィが作曲しているときに、彼に頼まれてパート譜を口ずさむことはあったが、
本格的な練習はしていない。特に出産してからは一度もまともに声を出していない。しか
し、ヴォルフィは取り合わなかった。
「まだ二カ月もあるから大丈夫だよ」
ヴォルフィはコンスタンツェの肩を抱き、頬に唇をおしあてる。彼はわかっていない。
二カ月もではない。二カ月しかないのだ。ヴォルフィほどの才能がある人なら、二カ月と
いうのは十分な時間だろう。しかし――。
「やってみなければわからないよ。不安ならナンネルに見てもらえばいい。彼女は僕が知
る限り、最高の音楽教師だよ」
ヴォルフィは頑としてコンスタンツェの言い分を聞き入れなかった。いくら歌が好きで
もどうにもならないことがある。なのに、彼にはわからない。彼が天才だからだ。天才は
簡単に凡人の力を見誤る。ヴォルフィの思いつきにはついていけなかった。けれど、断る

わけにもいかなかった。大ミサの公演は決定していたからだ。

そして、その日から猛特訓がはじまった。

「全然声が出ていないわよ」

そう言って、ナンネルは写譜したばかりのソプラノパート譜に書き込みを入れた。コンスタンツェはもう一度、注意された箇所を歌う。が、ナンネルは首を横にふる。

「声量がないのが致命的だわ。ソプラノパートをもう一人立てるか、ヴォルフィに言って旋律を変えてもらうしかないわね」

「すみません」

歌いたいと望んだのはコンスタンツェだ。しかし、要求されるレベルは高く、到底間に合いそうになかった。ナンネルは不機嫌を隠さなくなった。

「まったくヴォルフィも何を考えているのだか。勝手に大司教様のオルガニストの職を辞めてお父さまや周りに大迷惑をかけたかと思えば、何もなかったような顔をしてザルツブルクに帰ってくるんだもの。そして次は大ミサ……」

ナンネルは溜息をついた。

「久しぶりにルレーナンって逆読みの名前で呼ばれたけど、あの子、いまだに『後ろの王国』とやらに夢中になっているのかしら」

ナンネルの口から「後ろの王国」の名が出てきて、コンスタンツェは驚いた。

「『後ろの王国』を知っているのですか？」

「子供のときのたわいない戯言よ」

ナンネルはコーヒーを淹れ、カップをコンスタンツェの前に置いた。

「昔、旅をしていたとき、私たちはよく空想遊びをしたの。たくさんの国を見て回ったら、私たちも自分たちの王国がほしくなったのよ。で、私たちはお互いに一つずつ国をつくったの。私の国は——忘れてしまったけど、ヴォルフィは自分の国を『後ろの』と名づけたわ。なんでそんな名前なのかわからなかったけれど、私は国王の姉だから、彼の国で丁重にもてなしてもらえたの」

小さい子供の体で馬車の旅は過酷だった。ヴォルフィの身長がのびなかったのは、子供の頃、体に無理をさせたからだと医者に言われたことがある。その旅のつらさを紛らわすべくヴォルフィは空想の遊びにふけったのだ。

「あなたも子供のときに、自分だけの世界や友達を作ってその世界で遊んだことがあるでしょう？　それと同じ。一種の現実逃避よ」

ナンネルはコーヒーをすすった。

「その国では男性はパパゲーノで、女性はパパゲーナ。王様はいるけれど、皆平等で、音楽が好き。現実でつらいことがあったとき、そうやってヴォルフィは自分の理想の国の中で過ごしたの。善良な王、善良な人々。そこにはなんでも願いを叶えてくれる魔法の鈴があった。私たちは魔法の鈴に願いを託したの」

それはコンスタンツェがヴォルフィから聞いたのと、同じ話だった。

「魔法の鈴だなんて馬鹿げているでしょう?」

ナンネルは自嘲気味に言った。

「そうでしょうか。素敵な物語だと思います」

「あなたもヴォルフィに毒されたのね。魔法だなんて——反宗教的じゃない」

その言葉にコンスタンツェははっとする。

キリスト教、特にカトリックは神が行う奇跡以外は認めない。魔法や魔術は邪教のものとみなされる。

コンスタンツェは言葉を失った。

そんなこと、考えたこともなかった。

(「後ろの王国」は反宗教……)

「子供なら許されるかもしれない。でも、大人になってもその考えを持ち続けているのは危険だわ。それに現実逃避は無意味なのよ。理想の世界なんてどこにもないの。世の中には階級があり、男性は女性より重んじられる。私が魔法の鈴に託した願いは叶わなかった。どれだけ音楽が好きでも、演奏技術があっても、女性が宮廷楽団員になることはない。いくら願っても、ヴォルフィがパリで死なせたお母さまは帰ってこない。『後ろの王国』なんてどこにもありやしない。ヴォルフィに必要なのは、現実と折り合いをつけることなのに。どうしてわからないのかしら」

ナンネルは口惜(くちお)しそうに言った。

＊＊＊

ヴォルフィは熱に浮かされたように大ミサ公演の実現に夢中になった。

「ねえ、スタンツェル。われながら素晴らしい思いつきだよ。これは単なる凱旋(がいせん)公演じゃない。故郷の皆に僕の天才性を再認識してもらうだけでなく、最高の舞台で愛(いと)しい奥さんを皆に紹介できる。きみも多くの人の前で歌える」

彼は成功を信じて疑わなかった。彼の熱は多くの人々を巻き込んだ。彼の話を聞くと自分も、素晴らしく歌えるのではないかという気にさせられた。あたかも彼の魔法にかけられたように。しかし――。

「ヴォルフィ、本当にこれでいいの？」

コンスタンツェのレッスンに顔を出したヴォルフィにナンネルが訴えた。

「あなたの奥さんは明らかに準備不足よ。彼女をこのままソロで歌わせたら、恥をかくのはあなたよ」

ナンネルの言うとおりだ。ヴォルフィにとっての誤算は妻コンスタンツェの歌唱力だった。考え込んだヴォルフィにコンスタンツェも言い添える。

「私も、辞退したほうがいいと思うわ。ヴォルフィに恥をかかせたくないし、本番まで時間がないもの」

ナンネルとの毎日の練習でコンスタンツェは思い知った。大ミサ曲のソロは大役すぎる。劇場の舞台にも立ったことのない自分がヴォルフィの要求通りに歌えるとは思えなかった。

「そんなこと言うんじゃないよ、スタンツェル。そうだ。少し旋律を変えよう。きみにあわせて修正するよ」

「大変じゃない？」

「簡単だよ。僕は天才なんだから」

ヴォルフィは無邪気に笑った。

ヴォルフィは配役に合わせ、その人の技量を最大限に生かした曲を書くことができる。

けれど、これまで彼が曲を書いた歌手は、皆トップレベルの技量を持つ人たちばかりだった。自分が歌いやすいように修正すると聞いて、コンスタンツェはほっとしたが、同時に不安になった。

（私に合わせたら、曲はどうなるのかしら……）

コンスタンツェの懸念は的中した。コンスタンツェが歌いやすいように楽譜に修正を加えると、ほかのパートも修正しなくてはならなくなる。修正箇所は多岐に及び、その結果、ヴォルフィの作曲は完全に中断してしまった。

大ミサは通常、「キリエ」、「グローリア」、「クレド」、「サンクトゥス」、「ベネディクトゥス」、「アニュス・デイ」の六曲から成る。が、度重なる修正のため、速筆のヴォルフィが「クレド」を完成させることができず、「アニュス・デイ」に至ってはまったくの手つかずの状態だった。

またコンスタンツェに合わせ、細かい微調整を重ねていくうちに、曲は、ヴォルフィが最初に着想を得たものとかけ離れてしまい、彼は完全に霊感を失った。

「ナンネルの言うとおり、ソプラノパートを二人立てたほうがいいかもしれない。未完成のところは以前書いた作品を代用しよう」

ヴォルフィはついに諦めたように言った。

「それが現実的だわね」

ナンネルは賛同し、自分がレッスンをしている歌手を推薦した。

ヴォルフィの頭の中で音楽は完成していたにもかかわらず、自分のせいで外に出すことがなかった。そう思うと、コンスタンツェはいたたまれなかった。


十月二十六日。「大ミサ曲ハ短調」の初演当日、聖ペーター教会は天才モーツァルトを一目見ようと駆けつけた人で満席になった。

人前で歌うのはコンスタンツェの夢だった。が、その場に立ってみないと夢の場所の本当の姿はわからないものだ。

ひしめく観客を見ると、コンスタンツェの体は震え、鼓動が激しくなった。やたら喉が渇き、飲み物がほしくなる。ヴォルフィはいつも自信に満ち溢れているから気づかなかったけれど、舞台に立つ人たちは、常にこの日のために備え、重圧と戦い続けているのだ。

指揮をするのはヴォルフィ自身だった。知っている人が目の前にいるのは心強かった。とはいえ、どう歌ったかという記憶はコンスタンツェにほとんどない。歌い終えればウィーンに帰ることができる――その一心だった。

一曲目はキリエ・エレイソン。この曲は合唱とソプラノ独唱の曲だ。

いきなりコンスタンツェの出番がくる。

ヴォルフィが出だしの指示をくれる。それに合わせ、声を出す。そう、練習通りに。


主よ（キリエ）　憐れみたまえ（エレイソン）

教会は音響が良い。だから、普段より一割増しでうまく聞こえたかもしれない。

ほかのパートと合唱に助けられ、コンスタンツェは歌い切った。

大ミサはひとまず成功した。コンスタンツェの歌に批判の声は上がらなかった。だが、称賛の声もなかった。

「やっぱりあなたでは力不足だったわね」

帰宅したコンスタンツェにナンネルが言った。

「ヴォルフィが求めているのは大成功なの。普通の成功は彼の中では失敗に相当するのよ」

きっとそうなのだろう。コンスタンツェも胸の中でナンネルに同意した。

「でも、私は失敗してよかったと思っているのよ」

ナンネルは続けて言った。

「いい加減、ヴォルフィだって妥協を覚えないといけないわ。世界は彼の思うようにならない。彼は人が認めてくれないといつも被害者面するけれど、自分こそ加害者なのよ。天才は凡人を傷つけることに気づいてほしいわ」

それはコンスタンツェへの慰めではなく、彼女自身の叫びのような言葉だった。

「じゃあ、ウィーンに帰ろうか。スタンツェル」

ヴォルフィは荷造りをはじめた。彼は笑顔だったけれど、コンスタンツェの歌に失望したのは間違いない。

彼の顔を見ると、コンスタンツェの胸は申し訳なさで一杯になる。

自分はやはりヴォルフィの妻にふさわしくなかったのではないだろうか。彼は自分に夢のような世界を提供してくれた。なのに——現実は彼の思うようにはならなかった。ヴォルフィは機会をくれたのに、それを生かすことはできなかった。

（私が歌えなかったから……）

ナンネルは天才は凡人を傷つけると言ったけれど、その逆もあり得る。現にコンスタンツェはヴォルフィを傷つけてしまった。

だけど、今は何も考えたくなかった。ただ、ライムントの顔が見たかった。早く、会って、抱きしめたかった。そうすれば、いやなことをすべて忘れられる。

一七八三年十二月。コンスタンツェとヴォルフィは五カ月ぶりにウィーンに帰った。しかし、そこで二人を待ち受けていたのは訃報——第一子ライムントの死だった。


「僕たちのパパゲーノがいなくなった……」

ヴォルフィはひどく落ち込み、作曲どころではなくなった。ライムントはコンスタンツェたちがザルツブルクに向けて出発した翌月の八月——大ミサの初演の二カ月前に亡くなった。腸のひきつけが原因だという。

コンスタンツェは、旅の疲れと衝撃で寝台から起き上がれなくなった。

「どうして教えてくれなかったの？」

見舞いに来た母をコンスタンツェは詰った。

「わかっていたら、すぐに戻ってきたわ！」

「教えたところで、ライムントが生き返るわけではないだろう？」

「乳母は何をしていたの？　高い金額で雇っていたのに」

「スタンツェル、誰も悪くないよ。よくあることだよ」

「こんなことになるとわかっていたら、ザルツブルクに行かなかったわ！」

「お前たちには大ミサという大変な仕事があったそうじゃないか。私たちだってお前たちにどう知らせていいか……」

　連絡を躊躇（ちゅうちょ）しているうちに、時機を逸してしまったという。コンスタンツェは感情をどこにぶつけていいかわからなかった。

（ヴォルフィがザルツブルクに行こうなんて言わなかったら――）

　喉（のど）まで出かかった言葉を押しとどめる。

「母親の私が離れたからだわ。傍にいなかったから……」

「違うよ。お前のせいじゃない。今の時代、生まれた赤ん坊のうち、二人に一人は神様に召されるんだ。ライムントはひときわ可愛（かわい）かったから、早く召されただけなんだよ。お前たちは若いんだから、次の子供をつくれるよ。何人でも好きなだけ……」

「簡単に言わないでちょうだい！」

　コンスタンツェは母を部屋から追い出した。

　家のどこをさがしても、ライムントはいない。この世のどこにもいない。あの金髪の巻き毛の、天使のような男の子はいなくなってしまった。両親に看取（みと）られず、小さな麻袋に入れられ、共同墓地に埋葬された。

心がうつろになると、涙があふれてくる。

大きなお腹を抱え、思うままにならない体の変化にとまどい、出産の苦しみに耐えた。あの苦しみに耐えたのは、こんな思いをするためではない。

「ヴォルフィ……」

コンスタンツェは窓辺に佇(たたず)み、ぼんやりと外を見つめるヴォルフィの背中を抱きしめる。

「あなたは『後ろの王国』の国王で、魔法の鈴を持っているんでしょう？　お願い。ライムントを生き返らせてちょうだい」

魔法の鈴なんてヴォルフィの空想の産物だとわかっていた。けれど、何かにすがらずにはいられなかった。

あれほど楽しそうに「後ろの王国」の話をしたヴォルフィは悲しそうに首をふった。

「スタンツェル、それはできない。魔法の鈴は一度だけなんだ」

「そんなの今更……ずるいわ。だったら……舞台で歌いたいなんて願うんじゃなかった」

「きみは——舞台に立てたのにうれしくなかったの？　夢が叶ったのに？」

「うれしくなんてなかったわ。なんの準備もできていなかったのに歌わされて……。才能のなさを思い知らされただけよ。さっさとウィーンに戻ればよかったんだわ。そうすれば何も失うことはなかった。ヴォルフィだって、私に失望せずにすんだじゃない……」

「僕はきみに失望してなんかいないよ」

「失望したわ。私は――ヴォルフィが思い描くような、お義父さまやお義姉さまに自慢できる妻じゃなかったもの。私のせいでヴォルフィの大ミサ曲は完成しなかった……。でも、私だってどうしたらいいかわからないの」

　胸の奥から感情が奔流のように流れ出た。今、話していることは半分本当で、半分嘘だ。ヴォルフィが自分をソロに抜擢したことは驚きはしたけれど、うれしくもあった。なのに、どうして素直な気持ちが口から出てこないのだろう。出てくるのは、ヴォルフィを責める言葉ばかりだ。

　ヴォルフィに感情をぶつけたことを、コンスタンツェはすぐに後悔した。彼はまた悪い夢を見るようになった。

　寝台の彼はびっしょり汗をかき、がたがた震えた。

「灰色の外套を来た使者が僕の前にあらわれる。僕の王国からライムントを連れて行った。あれは死神で、きっと僕を監視しているんだ。ねえ、スタンツェル。神様に祈ったのに……。大ミサを奉献したのに、なぜ、僕らの結婚を祝福してくださらないのだろう。なぜまた僕の前に死をもたらすのだろう」

彼の死に対する怯え(おび)ようは子供のそれと同じだった。小さい頃は誰しも暗闇や死に恐怖心を抱く。寝つく直前、漠然(ばくぜん)とした恐怖におそわれ、死のことを考える。けれど、年をとると、恐怖は軽減していく。多くの人と別れを交わすうちに、自分にもいつか死が訪れることを受け入れるようになる。

しかし、ヴォルフィの死のとらえ方は何歳になっても変わらなかった。死に慣れることはなく、死はいつも彼に苦しみをもたらした。ライムントの死も、彼は自分のことのように受け止めた。コンスタンツェにできることは、彼が死の恐怖を束の間でも忘れられるよう、彼を抱きしめることだけだった。怯える彼を腕に抱き、コンスタンツェは不思議な幸福感を味わった。それは——彼に必要とされているという安心感でもあった。

「スタンツェル、死ぬのがこわい。神様に召され、裁きを待つのがこわいんだよ。僕はきっと天国には行けない。僕は罪人だから……」

「違うわ、ヴォルフィ」

「どうして皆、いなくなるんだ」

「ヴォルフィ、生きている人は皆、いつかは死ぬのよ」

「暗い穴の底に埋められる。呼吸もできない。苦しい場所だ」

「違うわ。魂は神様のもとに召されるのよ」

「どこにそんな保証があるんだ。神様は僕を愛していないかもしれない」

「そんなことないわ、ヴォルフィ」

彼が生きていくためには、死の恐怖にまさる多くの喜びが必要だとコンスタンツェは思った。だけど、自分の歌唱力では彼に喜びや霊感を与えることはできない。

（どうやったらヴォルフィが苦しまずにいられるかしら……）

けれど、ヴォルフィが死の恐怖を乗り越えたとき、自分はヴォルフィに必要とされるのだろうか。その日が来るのなら、それこそコンスタンツェにとって恐怖だ。

でも、先のことは考えたくなかった。ただ今の苦しみから逃れたい。そう思うのはコンスタンツェも同じだった。


年明け、コンスタンツェとヴォルフィはグラーベン通りのトラットナー館に引っ越した。ライムントの思い出が残る住居から離れようとヴォルフィが言い、物件を見つけてきた。

ヴォルフィは精力的に仕事に取り組んだ。

彼の仕事は順風満帆（じゅんぷうまんぱん）だった。彼の収入源である――裕福な貴族を対象に行う予約演奏会の予約者の数も増え、多いときは一七四人にものぼった。レッスン希望者の数も増えた。

コンスタンツェはモーツァルト夫人と呼ばれるようになり、着飾って出かけることが多くなった。

「きみは天才モーツァルトの奥さんなんだから、貴婦人のように装わなくてはいけないよ」

ヴォルフィは金額を考えずに、服や装飾品を買った。自分にも最新流行の鬘を数えきれないほど注文した。そして、上流階級の人間のように鬘に粉をふりかけ、顔に白粉を塗って念入りに化粧をほどこした。

音楽家は夢をあたえる職業だ。彼が貴族以上に豪華な衣装や、目を疑うような奇抜な衣装を着るのも、非日常を演出し、見る人を喜ばせるためだ。

はたから見ると、二人は幸せの絶頂にあるように見えただろう。しかし、コンスタンツェはむなしくてたまらなかった。彼と共に夢の世界にいるのに、心をどこかに置き忘れてきてしまったかのようだった。

有名歌手アロイジアの妹だと知れると、余興で歌を望まれることもあった。でも、コンスタンツェは笑顔で断った。歌は今も昔も好きだ。けれど、歌うとどうしてもザルツブルクの大ミサや、ライムントのことを思い出してしまう。

時間が経つにつれ、ライムントを失ったのは、神が自分に罰をあたえたのだとコンスタンツェは思った。コンスタンツェは緊張のあまり、大ミサが神に祈る歌であることを忘れていた。いずれにしても――身の丈に合わない夢を持ち続けてはいけないのだ。

ヴォルフィはふさぎがちになるコンスタンツェをよく外に連れ出した。二人は着飾り、社交場へと顔を出した。カジノ、ビリヤード、カード遊び、舞踏会。場所をかえ、遊び歩いた。放蕩三昧の生活に眉を顰める人もいた。二人の行動はザルツブルクにいるレオポルトにも筒抜けで、彼は行動を改めるようにと再三手紙を書き送ってきた。

コンスタンツェは胸の内でその手紙に反論した。レオポルトは――ヴォルフィの父親なのに、息子の事情をまったく理解していなかった。遊び歩いているからといって、ヴォルフィが仕事をしていないわけではない。彼が遊び歩くのはむしろその逆、仕事のためだ。

人脈を作るために貴族の社交場に顔を出さないわけにはいかない。カジノに行くのも、ただ単にカジノを楽しむために行くわけではない。カジノは立派な社交場で、その一角は演奏会会場だった。ヴォルフィはそこで自分の曲を演奏し、宣伝活動を行った。そして、新たに知り合った貴族たちから作曲やレッスンの依頼を受けた。

また、音楽とは難しい顔をして五線紙を眺めていれば浮かんでくるものではない。音はあらゆるところにある。その刺激を――天から降ってくる目に見えない音を、彼は外につかまえに行った。

「ほら、スタンツェル、音符が飛んでいったよ。きみのところに行くよ。音符がきみにキスをするよ」

ヴォルフィは子供のように無邪気に笑った。彼は本当に音符をつかまえるしぐさをすることがあった。彼の目には常人には見えないものが見えていたに違いない。

日常にあふれた音はヴォルフィの体にふりつもり、彼の中にあった音のかけらと結びつく。それらはいくつもの、いくつもの、美しい音となり、音符となり、五線紙の上を舞い躍る。そうやって頭の中に完成した音楽を彼は五線紙にうつしとった。

その作業は、ヴォルフィにとって呼吸するようにたやすいことだった。

一七八四年九月二十一日、コンスタンツェは二人目の子供を産んだ。黒髪と黒目のしっかりした顔立ちの男の子で、代父（洗礼式に立ち会い、神に対する契約の商人）の名をとり、カール・トーマスと名づけられた。

ほっとしたヴォルフィの顔を見るのはうれしかった。けれど、次の子供が生まれても、ライムントを失った悲しみがなくなるわけではない。むしろ、カールの顔を見るたびにライムントのことを思い出してしまう。

カールが生まれてすぐ、ヴォルフィとコンスタンツェは聖シュテファン大聖堂の裏の「シューラーシュトラーセ」に引っ越した。新居は市内の一等地で、四つの大きな部屋のほかに二つの小部屋があり、倉庫、酒蔵、薪用貯蔵室を備えた、目もくらむような豪邸だった。

「スタンツェル、ここできみは好きなように過ごせばいいんだよ」

「だってここ、相当お高いでしょう?」

「お金なら僕が稼ぐ。きみが心配することはないよ」

ヴォルフィの言葉は事実だった。彼の手元にはいつも、溢れんばかりのお金があり、コンスタンツェは自由に使うことができ、庶民なのに貴族以上の生活が送れるようになった。

ヴォルフィは女中を三人雇った。が、コンスタンツェは自分でカールの世話をした。

高貴な人は自分で子供の養育をしないものだとヴォルフィに言われたが、乳母や保母を雇うのはこりごりだった。コンスタンツェはカールから目を離したくなかった。目を離したら最後、またライムントのようにいなくなってしまうのではないかと思うと、こわくてたまらなかった。

しかし――。ヴォルフィが亡くなった後にコンスタンツェは何度も後悔した。目を離してはいけないのはヴォルフィのほうだった。この頃、彼はコンスタンツェの知らないところで多くの知遇を得、新しい知識に触れ——彼の世界は広がっていった。父親の枷から逃れ、自由になった彼は——どんどん危険に足を踏み入れていったのだ。

＊＊＊

ヴォルフィの変化は真っ先に音楽にあらわれた。

一七八五年二月十一日、ウィーン市立集会所「ツア・メールグルーベ」でヴォルフィの予約演奏会が行われた。

その日の演目はピアノ協奏曲第二十番ニ短調の初演。作曲者であるヴォルフィ本人による弾き振りだった。この曲は前日に完成したばかりで、通しで一度も演奏することなく本番を迎えた。

演奏会会場にはコンスタンツェと、ザルツブルクのレオポルトも駆けつけた。

第二十番はヴォルフィのピアノ協奏曲で初めての短調作品だ。この時代、音楽家は王侯貴族の依頼により作曲するのが常で、ヴォルフィが手掛けた曲のほとんどは依頼主の好みに応じて長調だった。短調は暗く、悲しいとされ、敬遠されたためだ。

ヴォルフィの父、レオポルトの言葉を借りれば——彼が真の天才性を発揮したのは、この短調のピアノ協奏曲だった。

作品の構成力と展開は皆の度肝を抜いた。

第一楽章は低音のおどろおどろしい悲劇的な音ではじまった。悲劇的だが、何かを予感させる音楽だ。

合間にふとあらわれる美しい音。その後に続く劇的な音。それから、ヴォルフィのこの世のものとは思えない美しいピアノの音。息もつかせぬ展開に皆はただ圧倒された。

音楽とはただ明るく美しいだけではない。これほどまでに人の感情を奥底から揺り動かすものだということを、コンスタンツェははじめて知った。

席を立つ人は誰もいなかった。誰もがはじめて聴く、新しい音楽に息をのんだ。

第二楽章は気高いほど荘重で、第三楽章はほかの作曲家の追随をゆるさないほど劇的だった。彼は——真剣に音楽と向き合っていた。頭の中に流れる彼の音楽を——そのまま忠実に音にしようと、指揮をし、ピアノを弾いた。

それはコンスタンツェの知らないヴォルフィだった。軽口を叩いたり、冗談を言う姿などどこにもない。音楽に身をゆだね、心をゆだね、自分の内なる情熱を鍵盤にぶつけた。

これまで音楽といえば、副次的なものだった。王侯貴族の宮廷で演奏される音楽は、お客をもてなし、食事の不快な音を消すための道具でしかなかった。劇場や社交界で演奏されるものは、王侯貴族に追従した音楽だ。

しかし、ヴォルフィのこのピアノ協奏曲は誰にも媚(こ)びることはなく、音楽そのものが主役だった。かといって、これまでのヴォルフィの作品のように、子供が大人に褒めてもらおうと、むやみやたらに技巧をふりかざす曲でもない。彼の音楽はもはや娯楽(ごらく)ではなかった。別の域まで昇華されたのだ。

音楽を聴きながら、何度もコンスタンツェの胸の奥からこみあげてくるものがあった。気を抜くと、感情があふれ出て、涙がこぼれそうになる。

当代随一のピアノの演奏家である彼の音はますます冴えわたり、短調の美しさを引き出した。おしゃべりをする観客はいなかった。ただ目の前で大変なことが起きていることは全員にわかった。

会場の空気ははりつめ、皆で息をひそめ、この音楽の終着を見守った。

彼が最後の和音を弾き、音楽が終わったとき、会場は熱狂の渦(うず)に包まれた。

コンスタンツェに専門的なことはわからない。けれど、ヴォルフィの中で何かが変わったのは確実だった。彼はついにヴェールを脱ぎ、すべてをさらけだした。彼の音楽はより崇高(すうこう)になり、豊かな色で彩られ、形式にとらわれた古い音楽から解き放たれた。

これより少し前、ヴォルフィに曲を献呈(けんてい)されたハイドンは、「モーツァルトは私が個人的に、あるいは名前の上だけで知っている作曲家のうちで、もっとも偉大な作曲家だ」と惜しみない賛辞を贈り、別の演奏会ではヨーゼフ二世が帽子を手に立ち上がり、「ブラボー、モーツァルト！」と叫んだという。

その話を聞くと、コンスタンツェはヴォルフィが誇らしかった。彼の作品の評価は彼の自信につながり、幸福で満たされている間、彼は悪い夢を見なくなる。

「愛しているよ、愛しい奥さん」

そう言って、ヴォルフィは忙しく飛び回った。

コンスタンツェはいつも彼と行動を共にしたわけではなかった。第二子カールを産んだ後、コンスタンツェは体調を崩した。カールは手のかかる子で、夜泣きがおさまらず、十分な睡眠がとれなかった。重い体をひきずって居間に行くと、

「ヴォルフィは外出したぞ」

レオポルトが手紙を書いていた。

ピアノ協奏曲第二十番の初演の後、ずっと彼は同居していた。彼の世話をしていたナンネルが昨年十五歳年上の地方貴族と結婚したため、ヴォルフィがウィーンに呼び寄せたのだ。四カ月の滞在だと言われたが、この舅のせいでコンスタンツェは自宅でも気が休まらなかった。

「ヴォルフィの母は七回の出産をしたが、産後も辛そうな顔は見せず、家族の世話をした」

レオポルトはコンスタンツェに聞こえよがしに呟くと、手紙を書くペンを走らせた。テーブルの上の手紙の束を見て、コンスタンツェは溜息をつく。レオポルトが書いているのは、また自分の悪口だろう。

彼は世間では立派な教育者として通っているが、家庭では無神経なところがあった。息子夫婦のところに来るのに、単身ではなく、自分の弟子を連れてくるのもそうだし、将来ヴォルフィの伝記を書くという口実で、息子夫婦の家庭の事情を訊いてくるところもそうだった。ヴォルフィが無邪気に答えるものだから、家賃の額、予約演奏会の報酬額、夫婦仲――すべてが彼に筒抜けだった。

「ヴォルフィはどこに行ったんだ?」

レオポルトはコンスタンツェに訊いた。

「知りません。貴族のお屋敷かお友達のところじゃないですか?」

「夫の行動を把握していないのか?」

「ヴォルフィは子供じゃありませんもの」

「あの子は普通の人間じゃない。常識が通じない天才なんだぞ。誰かが枷をつけないと、浮かれ上がって今に大変なことになる」

「どういう意味ですか？」

訊き返すコンスタンツェにレオポルトは呆れたように言った。

「天才とはある種の異端だからだ。世間は自分の想像の範囲内の天才は歓迎するが、それを超える天才は歓迎しない」

「異端……？」

レオポルトは頷いた。

「あの子がこの世で生きるには、あの子と現実の橋渡しをする人間が必要なのだ。ヴォルフィを理解し、処世術を心得た人間がな」

それは――レオポルトのことだろうかとコンスタンツェは思った。ヴォルフィが演奏旅行に行ったとき、常に彼は同行し、つきっきりでヴォルフィの世話を焼いた。

しかし、それがいけなかったのではないかともコンスタンツェは思う。ヴォルフィの子供っぽさ、時折情緒不安定になる原因の一つは、長年、父親の管理下にあったせいだ。

ヴォルフィはずっと父親からの独立を願い、ウィーンに来ることで、やっとそれを果たした。だからこそ、彼の音楽はかつての輝きを取り戻した。

「所詮、お前のようなものにはわからないだろう。ヴォルフィを働かせて、ろくに家事もしないような怠惰な人間にはな」

レオポルトは何か言いたげな顔をするコンスタンツェの顔を見て、話を切り上げた。彼は女性が口答えするのを好まなかった。

（お義父さまは何もわかっていないんだわ）

コンスタンツェは幼いカールを抱き上げ、溜息をつく。

子供を産み育て、常に夫を立て、夫のために甲斐甲斐しく尽くす――それが一般男性に求められる理想の妻の姿だ。しかし、ヴォルフィは一般人ではなかった。

彼は自分の妻に家事能力を求めなかった。彼が求めたのはただひとつ。彼がその力を発揮する邪魔をしないことだった。レオポルトのように再三話しかけ、彼の思考――曲作りを邪魔しないこと。彼が死の恐怖を思い出すことのないよう、楽しくすごすこと。彼が作曲をしているときは、いつでも話せる場所にいること。

とはいえ、レオポルトに言われたことで、気にかかることもあった。

ヴォルフィは毎晩のようにどこかに外出している。が、その行き先を教えてくれたことはなかった。ヴォルフィを束縛しないように、あえて訊かないようにしていたが、ここ最近、その外出の頻度が増し、気にはなっていた。

（どこに行っているのかしら……）

その日の深夜。

「愛しい奥さん、ただいま」とヴォルフィは寝台のコンスタンツェの黒髪にキスをする。

「ヴォルフィ……」

外で飲んできたのか、彼の体は酒くさかった。ヴォルフィの体は女性の香水、白粉――

多くのものが混じったにおいがした。

「こんな遅くまでどこに行ってたの？」

「貴族たちの会合だよ。仕事をもらってきた」

「そう……」

ヴォルフィの答えを知ってコンスタンツェは胸をなでおろす。

いつものように貴族の屋敷でのどんちゃん騒ぎに参加しただけのこと。レオポルトが話したことは杞憂だった。

「愛しい奥さん、きみは休んでていいよ。僕はこれから仕事なんだ」

「仕事……こんな時間に……？」

「ああ、少し読んでおきたいものがあって」

暗闇の中、彼を一人にするのは不安だった。寝台から起き上がろうとするコンスタンツェをヴォルフィは止めた。

「大丈夫だよ。僕はもう死の苦しみから解放されたんだ。僕は不老不死の薬を手に入れた」

「え……？」

「ある人に教えてもらったんだ。死は人生の最終目標なんだ。だからおそれることはない。むしろ喜びを持って迎えないと」

燭台（しょくだい）のほのかな光に照らされたヴォルフィは、別人のようにすっきりしていた。

「教えてもらったって、誰に？　不老不死の薬？　ヴォルフィ、何のことかさっぱりわからないわ。どうして死を喜べるの？」

「僕に話せるのはここまでだ。だけど、きみにもいつかわかるときが来るよ」

ヴォルフィは謎かけのようなことを言った。酔っているのだろうと思い、コンスタンツェは深追いしなかった。これまでにも、ヴォルフィは時々難しいことを言った。彼は読書家で、たくさんの本を読み、コンスタンツェの知らない知識を持っていた。

このとき、ヴォルフィはフランスで出版されたある小説のイタリア語版を読んでいた。彼の次のオペラの原作だと言った。

ヴォルフィは寝物語のように、コンスタンツェに話した。

「フランスで空前のヒットとなった作品を、初めてオーストリアで上演するんだ。人気台本家のダ・ポンテがやっと僕のために台本を書いてくれるんだ。最高傑作になるよ」

「どんな物語なの？」

「倦怠期の伯爵夫婦の話なんだ。伯爵が権力を使って、若い女中と浮気をしようとするんだ。でも、そのたくらみが伯爵夫人にばれて、紆余曲折あって、伯爵はこらしめられ、夫婦が仲直りする話。女中の婚約者のフィガロが活躍するんだ」

「夫婦が仲直りするっていうのはいいけれど、夫が女中と浮気をするっていうのは嫌だわ」

「そうかな？　よくある話じゃないか。皆やっていることだから共感できると思うよ」

（皆やっていること――？）

ヴォルフィの言葉にひっかかりを覚えたが、コンスタンツェは指摘しなかった。

そういえば――と、コンスタンツェはヴォルフィのもうひとつの変化に気づいた。ライムントが亡くなってから、彼は「後ろの王国」の話をしなくなった。愛するパパゲーノとパパゲーナの話も。

（カールが生まれて、父親になったから、空想遊びをやめたのかしら……）

少し寂しくはあったが、コンスタンツェはヴォルフィの成長を好ましく思った。
ヴォルフィの新作――『フィガロの結婚』は確かにヴォルフィの傑作だった。が、数度の上演後、すぐに打ち切りになった。

三　秘密

一七八九年八月。ウィーンから馬車で一時間ほどの、高級保養地バーデン。

深緑の葉が濃い影を落とす公園のベンチでコンスタンツェはヴォルフィから届いた手紙を読んだ。五ヶ月のお腹を抱えたコンスタンツェは七月に足を痛め、主治医のクロセットに温泉治療をすすめられた。

〝きみは出産までゆったりとした気持ちで迎えてほしい。こちらは大丈夫だ。でも一言でいい。きみの返事がほしい。きみが元気でいることを言葉で知らせてほしい。おっと今、誰かが来たようだ〟

ヴォルフィの手紙は――読み書きが得意でないコンスタンツェに合わせてのことか――普段彼が話している口調そのままで、臨場感あふれる様子で綴（つづ）られていた。

〝今は再演が決まった『フィガロの結婚』のアリアを追加で作曲している。昨年のプラハ公演が大成功だったのは一緒に行ったきみも覚えているだろう？　今度こそウィーンでも成功するよ。あれは「愛の物語」なんだから〃

（『フィガロの結婚』……）

コンスタンツェは、手紙から視線をはずす。

（どうして、ヴォルフィはあんな作品に夢中になったのかしら）

『フィガロの結婚』の原作はフランスの作家ボーマルシェによる戯曲である。ヴォルフィは「愛の物語」だと言ったが、その内容は貴族の堕落や不正、階級社会への批判に満ちた問題作だった。フランスで演劇作品として上演された際には、大衆から絶大な支持を得たが、政情不安を危惧したルイ十六世によって取り締まられ、上演禁止になった。

二年前にヴォルフィが作曲した歌劇『フィガロの結婚』もウィーンで上演する際、さまざまな妨害にあった。無事に初演を迎えることができたのは台本作家のダ・ポンテが原作の批判的な部分を削除し、数多くの検閲を乗り越えたからだという。だが、この作品をヴォルフィが言うように「愛の物語」ととらえる観客はいなかった。庶民のフィガロが貴族である伯爵を手玉にとり、皆で笑い物にする——貴族批判とみなす人が大半だった。

ヴォルフィは『フィガロの結婚』の次に、貴族批判とは無関係の『ドン・ジョヴァンニ』に取り組んだ。これも初演が行われたプラハでは大成功だった。が、ウィーンでは話題にすらならなかった。

ウィーンの宮廷でヴォルフィを取り巻いていた支援者たちはごく数名を残し、潮が引くようにいなくなった。

「この心躍るような序曲を聞いても、美しいアリアを聞いても、ウィーンの人間は心を動かさない。彼らは耳がおかしいんだよ」

そう言い残すと、ヴォルフィはウィーンの外に活動場所を求め、旅に出た。

この年の春、支援者の一人であるリヒノフスキー侯爵に連れられ、ザクセン選帝侯フリードリヒ三世やヴィルヘルム二世の前で演奏し、自作の音楽劇の上演に立ち会ったり、演奏会を開いたりした。が、思ったほどの収益はあげられなかった。

演奏家としてのヴォルフィの評価は相変わらず高く、ライプツィヒの聖トーマス教会でオルガンを弾いたときは、「バッハの再来」と讃えられたという。しかし、彼の歌劇に対する評価は散々だった。「彼の作品は難解で、通でなければわからない」と各地で言われ、それが定説のようになった。そういう噂をコンスタンツェはウィーンで耳にした。が、ヴォルフィからの手紙には何ひとつ書かれていない。身重の妻を心配させまいと、あえて元気なふりをしているのだろうか——と手紙を見つめ、考えていたときだった。

「またヴォルフィからの手紙?」

妹のゾフィーの声にコンスタンツェは顔を上げる。ゾフィーはコンスタンツェの付き添いで、一緒にバーデンに滞在していた。

「三日にあけず、手紙を送ってくるんだから。スタンツェルは愛されているのね」

そう言って、ゾフィーはコンスタンツェの隣に腰を下ろした。愛されている――ヴォルフィの手紙をそう受け取る人もいるのだとコンスタンツェは思った。

「スタンツェル、ヴォルフィの仕事がなくて、家賃の安い家に引っ越したっていうから心配したけど、バーデンに行かせてくれるんだから、お金はあるんじゃない。カールだって寄宿学校に入れたんでしょう？」

「ええ。でも……」

コンスタンツェは口ごもる。

「先月のウィーンでの予約演奏会は中止になったわ。予約者がスヴィーテン男爵一名だけだったんですって。これまで百人以上が集まったのに……。ヴォルフィが貴族批判の『フィガロの結婚』なんて上演したのがいけなかったのかしら」

「違うわよ。それならヨーゼフ二世陛下が上演を許可なさらなかったはずよ」

「そうだけど……」

妊娠（にんしん）と出産を繰り返し、ヴォルフィの傍にいなかったコンスタンツェには、支援者たちの手の平を返したような態度が理解できなかった。

「ねえ、ゾフィー。ヴォルフィの音楽は飽きられたのかしら。また宮廷楽長のサリエリの——イタリア人音楽家たちの恨みでも買ったのかしら。だっておかしいじゃない……」

ヴォルフィは貴族の会合に出るため、たびたび外出していた。支援者である貴族たちと良好な関係を保とうと努力していたはずだ。それなのに、なぜ——。

彼の父レオポルトが危惧(きぐ)していたように、羽目をはずし、貴族たちの前で失礼なことをしてしまったのではないだろうか。

いくらヴォルフィが貴族と対等だと思っていたとしても、この世の中には階級という垣根がある。庶民である彼の越権行為は、貴族側の寛容さでもって許されていた。怒りを買えば、締め出されてしまう。そういう常識は彼の頭からすっぽり抜け落ちていた。

ヴォルフィは裏表のない性格で、誰にでも言いたいことを言う。が、ただ自分の意見を言っているだけでも、それを中傷と受け取ったり、侮辱(ぶじょく)と感じる人もいるだろう。特権階級の人間たちと対等に話す行為自体が傲慢(ごうまん)だと思われても仕方ない。

(どうすればよかったのかしら……)

かといって、コンスタンツェはヴォルフィの首に縄をつけるようなことはできない。ヴォルフィとの関係は支配服従の関係ではない。レオポルトがヴォルフィにやったように、父権をふりかざし、彼の行動を管理し、制限することもできない。

　ヴォルフィとの関係が対等だからこそ、彼に自分の意見を言うことはできる。けれど、状況がわからない人間が下手に口出しするのもよくないとも思う。ヴォルフィに余計なことを言って、彼の仕事の邪魔をしてはいけない。

（それくらいしか私にできることはないのだもの……）

「スタンツェル、思いつめたら、お腹の子によくないわよ」

　と言って、ゾフィーは微笑んだ。

「今は戦争中だから、仕方ないのよ。ヨーゼフ二世陛下もこの夏、戦場に向かわれるそうじゃない。戦争のせいで税も上がる。そんなときに音楽なんてやっている場合じゃないわ」

「そうかしら……」

「そうよ。フランスでも王政に不満を持つ市民が各地で暴動を起こしているっていうし、どこでも音楽家にとって苦しい時期なのよ」

　ゾフィーが言うように、ハプスブルク家が統治する神聖ローマ帝国内では不穏な空気が渦巻いていた。『フィガロの結婚』の初演が行われた二年前の四月、オスマン帝国がロシア帝国に対して宣戦布告し、六度目の露土戦争がはじまった。ロシアと協定を結んでいる神聖ローマ帝国は、ロシア側につき、オスマン帝国と戦火を交えることになった。

また、今年の七月十四日、フランスではパリの民衆がバスティーユ牢獄を襲撃し、陥落させた。その報を受け、貴族からの報復を恐れた農民たちが領主に対して暴動を起こした。王政や特権階級に不満を持つ暴動は全国に飛び火し、しだいに「革命」という名称で呼ばれるようになった。貴族たちの中には国を脱出するものも出てきているという。

「その革命には、欧州をまたがるなんとかっていう秘密結社が関係しているんですって。反宗教団体で、国家の転覆を目論んでいるって噂よ。オスマン帝国との戦争が終われば、ヨーゼフ二世陛下はその秘密結社を取り締まり、フランスに干渉するおつもりですって」

「よく知っているのね」

「ウィーンではどこでもこの話題でもちきりよ。フランス王妃は陛下の妹君だし」

「そう……」

「フランスの革命のとばっちりがこの国にも来ないとも限らないじゃない。本当におそろしいわ。既に多くの人が虐殺されているそうよ。革命派は『人間は生まれながらにして自由であり、権利において平等である』って言っているそうよ。庶民でも一国の王みたいに」

それに似た言葉をコンスタンツェはヴォルフィから耳にしたことがあると思った。

――スタンツェル、人は誰しも自分の王国を持っているんだ。皆、一国の国王なんだよ。

（まさか……偶然よね……）

考えにふけっていると、「また、そんな顔をして」とゾフィーに叱られる。

「スタンツェルはわずらわしいことを考えなくてもいいのよ。そのためにヴォルフィはバーデンでゆっくりしてくるように言ったのでしょう。たまには返事のひとつくらい書いてあげなさいよ」

「そうね」

コンスタンツェは頷いた。でも、書きはじめる前に、ヴォルフィの次の手紙が届くのが予想できた。そうやっていつも、返事を出しそびれてしまう。

バーデンは外の喧騒とは完全に隔絶していた。戦争も、革命の不穏な空気も感じられない。ゆったりとした静かな時間が持てる。けれど、足りないものがあった。音楽だ。ヴォルフィの音が恋しかった。

「でも、まあ、スタンツェルだけでも幸せでよかったわ。アロイジアのところは今大変そうじゃない」とゾフィーが言った。

「アロイジアが？」

コンスタンツェは意外に思った。彼女は依然、人気歌手として、舞台に立ち続けている。

自分の名前を冠した演奏会を開き、ヴォルフィの作品を歌うこともある。

「前妻の子供たちと大変らしいわよ。アロイジアは子供二人とも亡くしてしまったし……」

「そうね。……そうだったわ」

外から幸せに見えても、内情はどこも大変なのかもしれない。

「アロイジア、親の言うことをきかずにヴォルフィと結婚しておけばよかったってヴォルフィに会うたびに話しているって……。あっ、ごめんなさい」

「どうして謝るの？」

「だって……。本当に何でもないのよ」

「気にしていないわ」

「ごめんなさい、スタンツェル。そんなつもりはなかったの」

ゾフィーが謝ったのは、自分の耳に入れたくなかったことをつい漏らしてしまったからだろう。ヴォルフィの浮気の可能性――ゾフィーに言われるまでもなく、コンスタンツェも気づいていた。ヴォルフィからの手紙を読み、確信したことがある。彼がしばしば書いてくる「ゆっくりしておいで」は、いわば「帰ってくるな」という意味だ。

ヴォルフィは現在『フィガロの結婚』に追加するアリアを作曲しているという。結婚前、ヴォルフィはコンスタンツェがいないと仕事がはかどらないと言っていた。が、自分を呼び戻さないということは、今、彼のもとに誰かがいるということだ。

（結婚して七年。これまでヴォルフィが弟子や歌手と親密になることはあったけれど……）

コンスタンツェは小さく溜息をつく。

ヴォルフィが変わったと感じるようになったのは、五年ほど前――ちょうど彼の父レオポルトが家を訪ねてきた頃、ピアノ協奏曲第二十番の初演が行われたあたりだ。

ヴォルフィは人の死に動揺しなくなった。

『フィガロの結婚』の初演の後、コンスタンツェは第三子、第四子を続けて亡くした。ヴォルフィの父レオポルトも亡くなった。しかし、ヴォルフィはそれぞれの死を冷静に受け止めた。父の死に対しても、「死は人生の最終目標なんだよ。お父さんは目的を達成したんだ」と誇らしそうで、葬儀に参列すべくザルツブルクに行くことはなかった。そのため、姉ナンネルにひどく恨まれたようだ。

その静かな対応はかつての姿と別人で、悪い夢に怯えていたのが嘘のようだった。そしてその頃から彼は妻であるコンスタンツェに隠し事をするようになった。

ヴォルフィの変化の理由がわからなかった。

「そろそろ湯治場に行く時間よ」

ゾフィーに促され、コンスタンツェは手紙を封筒にしまい、立ち上がる。

何度読んでも、手紙からはヴォルフィの気持ちが読み取れなかった。読み取れないのは、彼の傍にいないからだろうか。それとも——。


一カ月半ぶりにウィーンの家に戻ったとき、コンスタンツェは家の変わりように驚いた。ヴォルフィ愛用のビリヤード台や楽器はそのままだったが、多くの物がなくなり、部屋は荒れ果てていた。

「僕の愛しい奥さん、待っていたよ！」

ヴォルフィはいつものように両手を広げ、コンスタンツェを抱擁すると、大喜びした。

「手紙は読んでくれたかい？　どうして返事を書いてくれなかったんだ」

「ごめんなさい」

彼のこの大げさな行為が心からのものなのか、形だけのものなのか、それすらもわからなくなった。けれど、彼の腕の中にいると気持ちがやわらいだ。彼は以前と同じく身なりに気を遣い、家の中にいても顔に化粧をほどこし、香水のにおいを漂わせた。

「ヴォルフィ、ここにあった家具はどうしたの？　インク壺も……」

「ああ、不要なものはフランツと一緒に片付けて売り払ったんだよ」

「売り払ったって……」

「物がない方が作曲に集中できるからね」

　ヴォルフィは当然のように言ったが、コンスタンツェの頭は混乱した。売ったものの中には、貴重品も数多く含まれていたはずだ。彼が大事にしていた高価な服もほとんどなくなっている。自分のいない間に彼に何があったのだろう。

　手紙によるとヴォルフィは仕事をしていたのに、その収入を一体何に使ってしまったのだろう。それとも仕事をしていたという話は作り話だったのだろうか。

「……ヴォルフィ、今、フランツって言ったけど、その人は誰なの？」

「ああ、今度紹介するよ。僕の道化師、フランツ・クサーヴァー・ジュースマイヤーだ。天才モーツァルトに憧れて、音楽家を志したらしい」

　コンスタンツェが留守にしている間に彼は新しい助手をとった。

「道化師？」

「いい名だろう？　彼は僕の話し相手になって、僕を笑わせてくれるんだよ。僕の物まねも得意なんだ」

　またださ――とコンスタンツェは思った。また、ヴォルフィは自分に相談もせず、物事を決めてしまった。

「ヴォルフィ……。聞いてないわ！」

「次の手紙で書こうと思っていたんだ。でも、喜んでくれ、スタンツェル。大きな仕事が入ったんだよ」

「大きな仕事？」

「来年一月に予定されている歌劇『コジ・ファン・トゥッテ』の作曲を宮廷楽長のサリエリが譲ってくれたんだ」

「サリエリが？」

　意外な人物の名前が出てきて、コンスタンツェは目を見開いた。

「なにかの陰謀じゃないの？」

「違うよ、スタンツェル。僕も今までサリエリのことを悪く思っていたけど、それは誤解だったんだ。彼は僕の同志だったんだよ。それで弟子のフランツを僕に貸してくれたんだ。しかも無償で！」

　喜べと言われたけれど、コンスタンツェは喜べなかった。無邪気に話すヴォルフィを見て、開いた口がふさがらなかった。

「ヴォルフィはまた馬鹿なことをやっているんだね。この世の中、ただほど恐ろしいものはないってのに」

コンスタンツェの話を聞き、ヴェーバー家の人たちは口をそろえて言った。コンスタンツェが予想したとおりの反応だった。

「考えたくないけど、またイタリア人音楽家絡みの陰謀なんじゃないのかい？　公演すると非難されるような台本を回してきたとか」

母ツェツィーリアは赤ん坊をあやしながら言った。昨年結婚した長女ヨゼファに女の子が生まれたので、今はその世話で忙しい。

「そうよ」とゾフィーも言い添える。

「ヴォルフィはお人好しだから騙されているのよ。彼にとって自分を絶賛してくれる人はみんな善人に見えるんだから」

「でも追い出すわけにはいかないのよ。実際、その歌劇の納期は三カ月しかなくて、さすがのヴォルフィも一人では間に合わないって」

「スタンツェル、ヴォルフィの助手ができているってことは、そのジュースマイヤーってのは、すこぶる優秀なのかい？」

「ええ、とても」

母の問いにコンスタンツェはうなずいた。

二十四歳のジュースマイヤーが将来有望な音楽家であることは間違いなかった。特に彼の写譜の腕前はたいしたものだった。丁寧で速い。音楽を学ぶ上で、一番勉強になるのは写譜だとコンスタンツェの亡き父フリードリンは言っていた。とすると、これだけ写譜をたくみにこなすジュースマイヤーは、相当な数の楽譜を研究してきたということだ。

それだけではない。彼はコンスタンツェが――ヴォルフィに対してできなかったことができた。

帰宅し、居間の扉を開くと、

「お帰り、愛しい奥さん」

「お帰りなさいませ、奥様」

二人はコンスタンツェを見て顔を上げる。ヴォルフィはビリヤード台を机代わりに仕事をしている。その傍の椅子にジュースマイヤーが座り、ヴォルフィが書き上げる楽譜を片っ端から五線紙に写している。その光景を見ると、コンスタンツェの胸はかきみだされた。

（私の場所なのに……）

ヴォルフィは例のごとく、羽根ペンを動かしながらおしゃべりをした。その相手はジュースマイヤーだった。

「フランツ、僕は誰でも自由に音楽活動できる場所をつくりたいんだ。職業音楽家でなくとも、一般の音楽愛好家も自分で演奏したり、演奏を聴いたりする場所だよ」

「なるほど、画期的ですね。ですが職業音楽家以外の、いわば素人の演奏を求める人はいるのでしょうか」

「例えば自分の子供が楽器を習っていたら、その成果を発表する場があってもいいと思わないか？」

「一般庶民が娯楽で音楽を習うということですか？　一般庶民に音楽は無理ですよ。そんな時間もお金もないでしょう」

「いずれそういう時代がくるよ。いや、つくらないといけないんだ。作曲家だって自分の作品を好きに発表できる時代がね。王侯貴族の顔色をうかがうことなく、自分が書きたい曲を書いて、演奏会を好きに行えるんだ。能力さえあれば、安定した収入が見込める。支援者と資金繰りが大変だろうけれど……」

「先生は劇場でもつくるおつもりですか？」

「箱だけじゃだめなんだよ。そういうのを実現するには国の構造自体を作り変えないとね」

「まるで『革命』ですね」

「そうだよ。音楽は一部の特権階級が独占するべきものではない。すべての人に平等であるべきなんだ。誰にでも音楽を楽しむ権利があるんだよ」

二人の話は難解で、コンスタンツェが間に入る余地はなかった。

部屋に飲み物を運ぶと、

「愛しい奥さん、早くお休み。きみは身重なんだから、体を大切にしないと」

ヴォルフィはそう言ってコンスタンツェを抱擁し、部屋から出した。

閉められた扉の奥から、二人の楽しそうな声が聞こえてくる。

(こんなことならバーデンから帰ってくるんじゃなかったわ)

コンスタンツェは心の中で呟き、寝室へと走った。結婚したときはこんなことになるとは思っていなかった。ヴォルフィはいつも自分を傍においた。

——仕事がはかどらないんだ。交響曲の依頼が入ったっていうのに……。

——きみがいないと楽譜が書けないんだよ。わかるかい? 僕の頭の中で、どんどん新しい音楽が生まれ続けていて、頭が破裂しそうなのに、外に出すことができない。その苦しみがどんなものか。

——スタンツェル、愛しい奥さん……。

かつての幸福な日々はすべて幻のようだった。なんてことはない。自分はヴォルフィに見限られたのだ。ヴォルフィは天才にふさわしい助手を見つけてしまった。

努力したけれど、自分は彼にとって良妻にはなりえなかった。歌も歌えず、音楽談義もできない。手紙もまともに書けない。子供もろくに産めない。何ひとつ彼に幸せをあたえられない。

一七八九年十一月十六日、コンスタンツェは第五子アンナ・マリアを出産するが、その子も生まれてまもなくして亡くなった。

一七九一年五月。三度目のバーデンでの温泉治療にはジュースマイヤーがついてきた。コンスタンツェはお腹に六人目の子供を宿し、出産を翌月に控えていた。静脈瘤（じょうみゃくりゅう）ができたせいで、足に痛みが生じる。歩いて血行をよくすることが一番の治療と言われ、温泉と下宿先の往復の散歩を日課とした。が、

「奥様大丈夫ですか？」

体勢を崩すとジュースマイヤーが飛んできて、肩を抱き、手をさしのべる。

「……ええ、ありがとう」

バーデンにいる間、彼はコンスタンツェの傍を片時も離れなかった。ヴォルフィの助手とはいえ、彼はコンスタンツェと二、三歳しか違わない。

「少し離れて歩いてちょうだい。誰かに見られたら……」

「ですが、先生から奥様のお世話を命じられておりますから」

そう言って、ジュースマイヤーはコンスタンツェの手をひいた。正直、彼の顔など見たくもないのだが、ヴォルフィがよこしてきたのだ。彼はヴォルフィの使い走りでウィーンとバーデンを往復する生活を送っていた。

道すがら、コンスタンツェは訊いた。

「ヴォルフィは今どうしているの？」

「先生は今、シカネーダーさんのところで作曲に励んでいますよ。何やらお芝居につける曲を頼まれたとかで」

シカネーダーというのは、ヴォルフィの昔からの知り合いで、アウフ・デア・ヴィーデン劇場という大衆劇場を持つ興行師だ。やり手のシカネーダーに対し、金銭に無頓着なヴォルフィはいつも言い値で仕事を受けてしまう。だから、ジュースマイヤーの写譜仕事にろくな手当も出せなかった。

「ねえ、あなたはどうしてヴォルフィのところに来たの？　サリエリのところのほうが遥(はる)かに待遇がよかったでしょうに」

「それはモーツァルト先生のほうがサリエリ先生より天才だからです。『コジ・ファン・トゥッテ』のときは爽快(そうかい)でしたよ」

　と言ってジュースマイヤーは笑った。

『コジ・ファン・トゥッテ』は最初、サリエリに依頼されたが、納期まで時間がなかったため、最終的にヴォルフィに任された。

　ただ、コンスタンツェはこの、ダ・ポンテの台本が好きではなかった。

　二人の青年将校が自分の恋人の貞節(ていせつ)さを賭(か)け、互いの恋人を口説(くど)く。恋人が戦争に行ったと思い、嘆(なげ)き悲しむ彼女たちの前に、外国人——変装した青年将校があらわれる。彼女たちの心はしだいに新しい男性に傾き、結婚契約書を交わしたところに、本当の恋人が突然帰ってきて、慌てふためく。そこで歌われる「女はみんなこうしたもの(コジ・ファン・トゥッテ)」。

　ヴォルフィの音楽は美しく、感情をのせて響くが、コンスタンツェからすると、女性の心をもてあそんでいるように感じてしまう。

「ここだけの話ですが、宮廷音楽家の誰も、モーツァルト先生の作曲が間に合うとは思っていなかったんですよ。ですが、先生は驚異的な速さで曲を書き上げたのです。あんなこと誰にもできませんよ。サリエリ先生でも無理です。イタリア歌劇だったので、イタリア人音楽家たちはあらさがしをしようと、手ぐすねを引いて待っていましたが、先生の作品は文句のつけようがなかったのです。上演時期が悪かったのが残念ですが……」

ジュースマイヤーの言葉にコンスタンツェも同意する。

『コジ・ファン・トゥッテ』はヴォルフィがウィーン音楽業界に返り咲くための起死回生の作品となるはずだった。が、公演はわずか十回ほどで打ち切られた。初演の一カ月後に皇帝ヨーゼフ二世が逝去(せいきょ)したからだ。国中の劇場は閉鎖され、国全体が喪(も)に服した。華やかな催(もよお)しは自粛(じしゅく)され、庇護者(ひごしゃ)を失ったヴォルフィはウィーンでの活躍の場を失った。

ヴォルフィにあたえられた称号は維持することがゆるされたが、新帝レオポルト二世はヨーゼフ二世ほど音楽に関心がなく、彼のもとでの出世は望めないという。相次ぐ戦争のために、音楽や芸術にかける経費がなくなったためでもある。新帝の関心は墺土(おうと)戦争の終結、フランスの革命と妹であるフランス王妃の救出だった。

「僕は――」とジュースマイヤーは話を続けた。

「『コジ・ファン・トゥッテ』の写譜をしたときの興奮が忘れられず、モーツァルト先生のもとでもっと勉強したいと思ったんです」

「ヴォルフィの傍にいて、学んだことはあった?」

「ええ、ありましたよ。先生は謎だらけです」

「謎？」

「ええ、僕は先生の謎を解明したいんです。そして、いずれは、先生を超えたいんです」

ジュースマイヤーは悪びれなくそう言った。

「僕に足りないのは、運と知名度だけなんです。僕はこれまでも大量の曲を書いてきました。主に宗教音楽ですが——。その数だけは先生にも負けません」

彼の尊大な口の利き方は、どことなく若い頃のヴォルフィを彷彿させた。野心を隠さないところが、ヴォルフィに気に入られたのだろうとコンスタンツェは思った。

「ヴォルフィを超えるのは……ちょっと難しいんじゃないかしら」

「いいえ、宗教曲に関しては僕のほうが先生を上回っていると思います。先生は七年前にハ短調大ミサという大曲を書かれたものの、未完のまま終わらせていますし。以来、大作は書かれていない」

彼はコンスタンツェにいやなことを思い出させた。大ミサが未完で終わったのはコンスタンツェが歌えなかったせいだ。その後、ヴォルフィが宗教曲を書かなかったのは、ヨーゼフ二世が宗教曲の作曲を制限し、依頼がなかったためだ。

「しかし、先生はどうして宗教音楽を書かれないのでしょう。書けば、彼らの疑いの目を逸らすこともできると思うんですが」

「彼ら？」

コンスタンツェが訊き返すと、「いえ、あの…」とジュースマイヤーは口を濁し、慌てて話題を変えた。

「ところで、先生はどこに下書きを保管なさっているのか、奥様はご存知ありませんか？」

「下書き？」

「ええ、先生から先生の楽譜を好きに研究していいと言われているのですが、先日、荷物整理を手伝ったときも、先生の下書きを発見できなかったんです。推敲の跡を見るのが一番勉強になるんですが……先生は過去の下書きはすぐに処分してしまわれるのでしょうか」

彼だけではない。きっと、誰もヴォルフィのようにはなれないのだとコンスタンツェは思った。作曲数が多ければいいというものでもない。自然と口元から笑みが漏れた。

「ヴォルフィは下書きをしないのよ」

そう答えると、ジュースマイヤーはむきになった。

「そんなはずありませんよ。サリエリ先生だってまず下書きをしてから――」

「すべてはヴォルフィの頭の中にあるのよ。彼は完成した曲を紙に写すだけなの」

「そんな馬鹿な……」

「本当よ。一緒にいれば、あなたもわかるわ」

ジュースマイヤーはコンスタンツェの言葉を信じなかった。これが信じてもらえないのなら、ヴォルフィの「後ろの王国」の話など、もっと信じてもらえないだろうとコンスタンツェは思った。ヴォルフィの正体は「後ろの王国」の国王で、コンスタンツェはその王国の王妃だった。かつてヴォルフィの頭の中には王国があり、豊かな音楽で満たされていたなど——。

その物語は、コンスタンツェの胸の中にしまわれている。若き日の思い出とともに。


コンスタンツェがバーデンで一息つけるのは、温泉治療のときだけだった。温泉は男子禁制だから、ジュースマイヤーも入って来られない。

（どうしてヴォルフィはジュースマイヤーをこっちによこしたのかしら）

一人になり、湯に足を浸すと、頭の片隅に追いやっていた疑いが頭をもたげてくる。

（ヴォルフィは仕事と称して、また誰かと仲良くやっているのかしら。それとも——）

ヴォルフィから手紙は届くが、内容はいつもと同じ調子だった。同じ調子だからこそ、不安になる。

「お腹、大きくなりましたね」

すっかり顔なじみになった医者の妻がコンスタンツェのところにやってくる。彼女は慣れた手つきでコンスタンツェの足をほぐした。

「予定日は近いのですか?」

「ええ、今度こそ、無事に生まれてほしいんですけれど……。毎日神様に祈り、教会に行っているのに、私の子供は一人を残し、長く生きられないのです」

「お気持ち、わかります」

医者の妻はうっすらと微笑んだ。

「私も子供を亡くしました。ここで子供を亡くした多くの女性たちを見てきました。教会の教えでは避妊も中絶も、離婚もできませんからね。身も心もぼろぼろになりながらも、女性は出産に向かわなければなりません。生きる確率の低い子供を産むために、夫の求めに応じ、生活するのは苦痛でしょう」

「ええ」とコンスタンツェは頷いた。これはヴォルフィに決して話せないことだ。隠し事をしていたのはヴォルフィだけではない。コンスタンツェもだ。七年間も連れ添った夫婦とはいえ、何もかも話せるわけではなかった。

　コンスタンツェは懺悔をするように言った。

「子供を亡くすたびに体と心が麻痺していくのです。この先、本当に幸せが待っているのでしょうか。毎日がつらいのです。子供が助からないことも、そのことで自分だけではなく、夫を悲しませることも――。ここ最近は夫が浮気をしてもいいとさえ、思うのです。彼が幸せであれば――」

　ヴォルフィが浮気をしていれば、コンスタンツェは妊娠と出産の苦しみから逃れられる。ヴォルフィへの愛情は変わらないのに、時折、そういう考えが頭を取り巻く。

「おかわいそうに」と医者の妻はコンスタンツェの顔を布でぬぐった。コンスタンツェの両目からいつの間から涙がこぼれていた。体がほぐされ、凝った感情が流れ出たのだ。

「苦しみから逃れる方法がひとつだけありますよ」

　そう言って、医者の妻は無色透明の液体が入った小瓶をコンスタンツェに渡した。

「これは……？」

　彼女は声をひそめた。

「アクア・トファナです」

「奥様、大丈夫ですか?」

湯治場の建物の入口で旅装束のジュースマイヤーが待っていた。彼はコンスタンツェを下宿先に送り届けた後、ウィーンのヴォルフィのところに戻ることになっていた。

「お顔の色が悪いようですが……」

「なんでもないの」

コンスタンツェは表情を読み取られないよう、顔を伏せて歩いた。まだ動悸が激しい。先ほどの医者の妻とのやりとりが脳裏に蘇る。毒を手に取りかけた自分がこわかった。高額でなければ、買っていたかもしれない。

(夫殺しの薬だなんて――)

内密にと言われたけれど、医者の妻は中絶薬や避妊薬も売っているようだった。口止めされたが、それだけ需要があるのだろう。

彼女がアクア・トファナをすすめてきたのは、夫を殺すためではない。妻であるコンスタンツェのためだ。カトリック教徒は自殺が許されないが、アクア・トファナなら遅効性で証拠も残らないので自殺だと思われず、教会に埋葬してもらえるという。

医者の妻は言った。

「これを買われた方が実際に使った例は聞いたことはありません。いつでも死ねると思えば、逆に生きられるものなのです」

「奥様……」

ふいに立ち止まったジュースマイヤーは思いつめた顔をしていた。

「なにかしら」

「こういうときに申し訳ないのですが……先生は何か持病がおありなんでしょうか」

「持病？」

コンスタンツェは眉を顰めた。ヴォルフィは子供の頃はよく体を壊したらしいが、成人してから大病はほとんど患っていない。

しかし、ジュースマイヤーの顔は真剣だった。

「先ほど、建物から出てきた奥様を見て、先生の姿が思い出されました。口止めされたのですが、先生はずいぶん悪そうで、何らかの治療薬を常用されているみたいなのです。不老不死の薬とおっしゃったのですが……」

コンスタンツェは目を見開き、ジュースマイヤーの顔を見つめた。

（ひょっとして、ヴォルフィが私に隠していたのは――）

四　毒とレクイエム

「ああ、モーツァルト夫人」

下宿先の部屋に戻り、休んでいると大家が訪ねてきた。コンスタンツェの大きなお腹を見て、彼は申し訳なさそうな顔をした。

「ご相談したいことがあるのですが、ご主人はいつこちらに来られますか？」

「今の仕事に区切りがつけば来ると思いますが。ヴォルフィにご用が？」

「ええ、実は……支払いの件で」

「何か追加の支出があったんでしょうか」

コンスタンツェの身に覚えはなかった。

「いえ、そうではなく……。家賃を……まだ一部しかいただいていないので」

「ヴォルフィが一括で払ったのではないのですか？」

「前回までは前金で全額いただいたのですが、今回は分割で……。奥様はご存知なかったのですか」

「申し訳ありません。すぐにヴォルフィに伝えます」

「いえ、ただお知らせしたかっただけですから。支払いは次にご主人がいらっしゃるときでかまいませんので」

コンスタンツェの胸がざわついた。家賃の支払いが滞るなど、これまでなかったことだ。ヴォルフィはまめな性格で、家計簿をつけている。

（ヴォルフィになにかあったのかしら……）

一人になると、ジュースマイヤーの言葉が脳裏をよぎる。

不老不死の薬――そんな薬などあるはずがない。だけど、いつだったかヴォルフィがその言葉を口にしたことがあった。そのときは冗談だと思って気にも留めなかったが、ヴォルフィが本当に深刻な病気で、自分に隠れて高額な治療薬を買っているのだとしたら――。その薬代のために、うちの物を売り払ったのだとしたら――？

手紙を――書こうとして、コンスタンツェは溜息をつく。

自分はヴォルフィと違う。曲だけではない。言葉さえ思うように頭から出てこない。下手な手紙を書いて、逆にヴォルフィを悩ませたくない。でも、心配でたまらない。

（なんて書けばいいの）

やきもきしていると、当のヴォルフィがバーデンにやってきた。

「やあ、愛しい奥さん！」

その顔を見たコンスタンツェは言葉を失った。

ヴォルフィは相変わらず貴族のように顔に白粉（おしろい）を塗っていたが、目の下に隈（くま）ができ、隠しきれないほどの吹き出物が出ている。ジュースマイヤーが言ったとおりだった。

「ヴォルフィ……。その顔……」

「ああ、シカネーダーの音楽劇の作曲に夢中になっているからかな。そのうち治るよ」

彼の肌荒れは楽観視できる症状ではないとコンスタンツェは思った。静脈瘤（じょうみゃくりゅう）の治療をしている自分よりひどい状態かもしれない。

「睡眠はとっているの？　食事は？」

「スタンツェルは心配性だね。大丈夫だよ。シカネーダーと一緒にいると構想がわいてきて、羽目をはずしてしまっただけだよ。彼の小屋で作曲しているんだ。女優たちも一緒で毎日歌い踊っているよ」

「そんなことやっている場合じゃ……」

「でも……きみがいない」

ヴォルフィは寂しそうに微笑（ほほえ）み、コンスタンツェを抱きしめる。

「我慢するよ。子供が生まれるまで」

そう言って、前にせりだしたコンスタンツェのお腹をさすった。いつもこうだ。ヴォルフィはすぐに質問をはぐらかしてしまう。

「そうだわ。ヴォルフィ、大家さんから……」

「ああ、家賃のことだろう？　うっかりジュースマイヤーに預け忘れていたんだ」

「そう……」

うっかりであれば、それ以上のことを訊くことはできなかった。

「でも、彼に預けなくてよかったよ。きみに会う口実ができた。おかげで僕は絶好調だよ。今もきみの顔を見て一曲できた」

鼻歌まじりで、彼は讃美歌を作曲した。

「そうだ。この曲をシュトルに贈ったら喜んでもらえるだろうか。きみの下宿先を探してくれたお礼に」

シュトルはバーデンの教会の合唱隊の指揮者をつとめている。ヴォルフィの申し出にコンスタンツェは驚いた。彼はこれまで王侯貴族の依頼で曲を書き、レッスンをし、高額な謝礼をもらっていた。彼が無償で作曲することなどほとんどなかった。が、ヴォルフィの顔を見てコンスタンツェは思った。彼にとって実は報酬などどうでもよかったのかもしれない。彼はそれ以上に、人を驚かせ、喜ばせることが好きだった。

ヴォルフィが作曲した讃美歌は「アヴェ・ヴェルム・コルプス」と言った。

曲を贈られたシュトルは感激し、その翌日、ただちに初演が行われた。

合唱隊が歌う「アヴェ・ヴェルム・コルプス」は神秘的で、荘厳で、ただ美しかった。

ゆるやかな響きにコンスタンツェの目から涙があふれた。楽団と合唱隊を指揮するヴォルフィの背中は、教会の天井窓からさしこむ光を受け、神々しかった。

彼がそのまま消えてしまいそうで、教会を出た途端、コンスタンツェはヴォルフィに抱きついた。普段はこんなことをしないのに。

「どうしたの、スタンツェル」

ヴォルフィはコンスタンツェの頭を撫でる。

「こわいの。こんな音楽を書いてしまったら、あなたが天に召されてしまいそうで」

「死は誰にでも訪れるものだよ。そう言ったのはきみだろう?」

「そうだったかしら……」

結婚する前、ヴォルフィにそんなことを言ったことがあったかもしれない。でも、八年以上も前のことだ。

バーデンは緑が多く、辺り一面に白い野花が咲きみだれている。目をなごませる風景に、ヴォルフィは驚くほど関心がなかった。彼の頭は――次の作品の構想で満たされていた。

下宿先まで並んで歩きながら、コンスタンツェは切り出した。

「ねえ、あなたが薬を飲んでいるって聞いたんだけど、どこか悪いの？」

「きみに話したのはジュースマイヤーだね。やつは口が軽い」とヴォルフィは苦笑した。

「あの道化師は家に一人で置いておくと、こそこそ嗅ぎまわるんだよ。楽譜を探してのことだとは思うけれど」

「そういえば、ヴォルフィの楽譜の下書きが見つからないって言っていたかしら。そんなの見つかりっこないのにね」

　ヴォルフィが「アヴェ・ヴェルム・コルプス」の楽譜を書いたときのジュースマイヤーの顔を思い出し、コンスタンツェはくすりと笑った。彼は奇跡を見たかのように目を丸くし、驚いていた。ヴォルフィは笑顔を崩さずに言った。

「彼が探しているのは——楽譜の下書きだけではないかもしれないけどね」

（え……？）

「何を探しているの？」

「天才モーツァルトが天才たる証拠」

　ヴォルフィはおどけるように笑った。

「彼は天才の秘密を知りたがっているんだよ。隠れて僕の手紙を読んだりしている。本人は気づいていないと思っているけど」

「そんな人を家に置いて大丈夫なの？　何か盗まれたらどうするの？」

「うちにあるのは、楽譜くらいだよ。楽譜を盗まれたとしても、僕の曲は全部この頭の中に入っている。いつでも出すことができるよ。もちろん、きみを盗まれたら困るけれど」

　彼の言動にコンスタンツェは胸騒ぎがした。

「あなた、やっぱりどこかおかしいわ。クロセット先生に診てもらって。お願いよ」

「きみに会いにきたばかりなのに。もうウィーンに帰すのかい？」

「だってあなたのほうが病人みたいなんだもの。こんなに吹き出物──」

「なら、誰かに毒でも盛られているのかもしれないね」

　ヴォルフィはふむ、と芝居がかった態度で考え込んだ。

「手頃なのは……アクア・トファナかな」

　その言葉にコンスタンツェはぎくりとした。その瞬間、

「私じゃないわ！」

　思わず大声で叫んでしまい、コンスタンツェは口元を手で覆う。こんな風に言ったら、何もなくても、ヴォルフィに疑われてしまう。

「もちろん、きみじゃないよ。きみはそんなことをしない」

　ヴォルフィはおだやかに笑い、コンスタンツェの肩を抱いた。

「スタンツェル、どうしてそんなに震えているんだい。冗談で言ったんだよ」

「アクア・トファナは夫殺しに使われた毒だって聞いたわ。いくら冗談だって……」

「よく知っているね。でもアクア・トファナを盛られても平気だよ。言っただろう？　僕は不老不死の薬を飲んでいるんだ。吹き出物の治療にも効果があるんだよ」

　ヴォルフィは笑顔を崩さなかった。コンスタンツェの胸に締めつけられるような痛みが走った。眼の前にいる彼は、手紙と同じ調子で話そうとする。

「嘘だわ。なぜそうやっていつもごまかすの。どうして本当のことを話してくれないの？」

「スタンツェル？」

「ヴォルフィの手紙は嘘ばかりよ。自分は大丈夫だって……全然大丈夫じゃないじゃない」

「嘘ばかりとはひどいな。あれだけ手紙で愛しているって言っているのに、まだ足りないのかい？」

「茶化さないで。私は真剣に言っているの」

　頬にキスをするヴォルフィの体をコンスタンツェはおしのけた。

「あなたは——そういう人じゃない。明るくて楽しいだけの人じゃないわ。ずっと胸の奥底に何かを抱えているの。私は——夫婦だからこそ、あなたをもっと知りたいの。苦しみを分かちあいたいの。なのにあなたはいつも私に相談もしないで、一人で決めてしまう。大ミサのときもそうだった。一人で勝手に決めてしまって……私はひどい歌を歌った。あなたはあの出来に納得していないでしょう？　私を妻にしたことを後悔したに違いないわ。今もそう思っている。なのにどうして私に何も言わないの」

「そんなことは考えていないよ」

「隠さないで。本心を聞かせてよ」

「本心だよ。愛しい奥さん」

どうして言葉はこうももどかしいのだろう。コンスタンツェは唇を嚙んだ。上手に言えないのは自分に教養がないからだろうか。ヴォルフィのように多くの国をまわって、多くの人に会って、シェークスピアを愛読するほど頭がよければ、もっと気持ちをうまく伝えることができるのだろうか。

「私は……ヴォルフィに必要とされたいの」

「必要だよ。きみは僕にとって必要な人だ。スタンツェル、もうやめよう。僕らがこんな話をしているとお腹の子供がびっくりするよ」

「子供なんて……まただめかもしれない……」

「そんなことを言ってはいけないよ。お腹の子はきみの話を聞いているんだから。そうだ、歌おう。お腹の子が喜ぶように。今、こういうのを書いているんだ。『僕は鳥捕り、いつも陽気だ、ハイサ、ホプササ！』さあ、スタンツェルも歌って」

「いやよ」

コンスタンツェは背を向ける。

「きみのほうがうまく歌えるだろう？『僕は鳥捕り……』」

黙っていると、ヴォルフィは両腕をのばし、コンスタンツェを背後から抱擁した。

「ごめん。きみに王妃様のような暮らしをさせてあげられなくて。もっと稼ぐよ」

「違うわ。そうじゃないの、ヴォルフィ」

「長いことときみに新しい服を買っていない。これじゃ、結婚する前と同じか——それよりもひどい」

違うのに——。

ヴォルフィに感情をぶつけたあとで、コンスタンツェは後悔した。彼に本音を打ち明けたら楽になるかと思った。が、何ひとつ楽にならなかった。むしろ胸の中の苦みが増した。妻としても失格だとコンスタンツェは思った。ヴォルフィの仕事に支障が出ないようにふるまうのが、自分にできる唯一の役割なのに。

教会に讃美歌を奉献し、神に祈りが届いたのか、その年の七月二十六日、コンスタンツェは男の子を生んだ。

「パパゲーノだ！」

何年ぶりかにヴォルフィはその名を口にし、手放しで喜んだ。コンスタンツェ似の黒髪と黒い瞳をした赤ん坊は、「フランツ・クサーヴァー」と名づけられた。

ウィーンに戻ったコンスタンツェは、ヴォルフィが隠していた一端——家の経済的困窮ぶりを知った。これまでも旅行や引っ越しでまとまった金額が必要なときは、裕福な知人や友人にお金を借りることはあったが、これほど深刻なものとは思っていなかった。

彼は頻繁に借金の手紙を書いていた。

「大丈夫だよ、スタンツェル」

ヴォルフィは明るく言った。

「僕は天才モーツァルトだよ。このくらいの借金の額なんて大したことはない。一回音楽劇を書けば、すぐに返すことができる。実はレオポルト二世のボヘミア王戴冠式用の歌劇の依頼が入ったんだよ。『皇帝ティートの慈悲』っていうんだ」

レオポルト二世はヨーゼフ二世が亡くなった後、後を継いだ新帝だ。ハプスブルク家の君主は神聖ローマ帝国の皇帝、オーストリア公、ハンガリー公のほかに、ボヘミア王も兼任しているため、プラハでも戴冠式が行われる。

「だからきみは何も心配することはないんだよ」

そう言われると、引き下がることしかできない。精力的に仕事に打ち込むヴォルフィの邪魔をしたくなかった。納期までに仕上げないと、収入が入ってこない。

フランツがむずがると、コンスタンツェは抱きあげ、そっと外に出る。散歩にはヴォルフィの指示でジュースマイヤーが付き添うこともあった。住み込みの弟子は、師の身の回りの世話や雑用をこなすこともあるが、ジュースマイヤーはフランツをあやしながら、苦笑した。

「こんなことばかりしていると、僕がこの子の父親だと勘違いされますね」

ヴォルフィがジュースマイヤーに不審を抱きつつも、傍におくのは、彼が給金を要求しないからだ。彼がどんな人であれ、忙しくなったヴォルフィに助手は必要だった。

これまでもヴォルフィは住み込みの弟子をとったが、なぜか彼の弟子は不思議と長くいつかなかった。ボンから来た少年は母親の病気で帰郷してしまい、ほかの弟子たちもヴォルフィと性格が合わず、やめていった。

「先日、先生が書いた『アヴェ・ヴェルム・コルプス』の楽譜を見ました」

ジュースマイヤーはコンスタンツェに言った。

「下書きはなかったでしょう?」

「ええ。驚きましたよ。先生の目には世の中の規則や規範が映っていないんです」

「どういう意味?」

「先生は……讃美歌の歌詞を変えたんです」

「歌いやすいように――でしょう?」

「ええ。ですが、古くから伝承されてきたものを変えるのは――不遜です。冒瀆行為です」

「ヴォルフィはそんなことは思っていないわ。彼にとってよかれと思ってやっただけよ」

「それが危険なんです。僕は――先生がどこか違う世界から来たのではないかと思うことがあります。考え方も、曲も、先生はあまりにも異質すぎるのです。それを天才というのかもしれませんが――先生は自分が異質であることに気づいていないのです」

皆そうだ。ヴォルフィの父親も、彼のことを異端と言った。でも、コンスタンツェはそうは思わない。天才、異端――そういう言葉は、彼を世界から締め出してしまう。

フランツを抱き、コンスタンツェは呟いた。

「ヴォルフィはただ、ヴォルフィなのにね」

『皇帝ティートの慈悲』の作曲依頼の後、ヴォルフィにさらにもう一つの仕事が入った。

コンスタンツェが家に戻ると、ビリヤード台の上に金貨の入った袋があった。

「ヴォルフィ、このお金は？」

「前金だよ。サリエリが仕事をくれたんだ」と手紙を読みながら、ヴォルフィは言った。

彼の顔の吹き出物は、いっこうに治る気配はなかった。それをごまかすかのように、彼はより一層、肌に白粉（おしろい）を塗り、唇に赤い紅をひいた。

「死者のためのミサ曲（レクイエム）。その袋に謝礼の半額——一二五フローリンが入っている」

四五〇フローリンといえば、歌劇全幕の作曲と同額の、破格の報酬（ほうしゅう）だ。そういえば、以前もサリエリは『コジ・ファン・トゥッテ』の仕事を譲（ゆず）ってくれたことをコンスタンツェは思い出した。

「うまい話には裏があるんじゃないかしら」

「スタンツェル、きみ、お義母（かあ）さんに似てきたね」

警戒するコンスタンツェを見て、ヴォルフィは笑った。

「サリエリは同志だから、陰謀とは無縁だよ。純粋に僕を心配してこの仕事を持ってきたんだ。それに今度は『コジ・ファン・トゥッテ』の時と違って納期がない」

この時世に仕事があるだけでもありがたいことだった。

「それなら引き受けてもいいいんじゃない？」とすすめるコンスタンツェに「そうだね……」とヴォルフィは溜息をついた。彼は乗り気ではないようだった。

「その手紙は？」

「英国のハイドンからだよ」

ヴォルフィと親交のあった音楽家のハイドンは、仕えていたエステルハージ家の侯爵が亡くなった翌年、音楽興行師のザーロモンの誘いで渡英した。五十七歳の高齢だったため、ここで別れたら二度と会えないと言って、ヴォルフィは昨年末、彼と涙の別れを交わした。

「元気でやっているそうだよ。公演は大成功で、今は交響曲をいくつか書いているそうだ」

「ヴォルフィも英国に行ったことがあるのよね。英国人は紅茶を飲むって教えてくれたわ」

「うん、バッキンガム宮殿でジョージ三世、シャーロット・ゾフィー王妃に謁見し、演奏した。王妃の音楽教育係がヨハン・クリスティアン・バッハだったんだ」

「あなたが熱心に研究したヨハン・ゼバスティアン・バッハの十一番目の子ね」

「そうだよ。親子ほどの年の差があったけど、僕らは意気投合したんだ。彼は九年前に亡くなったけれど、彼の死は、音楽界にとって本当に損失だ」

「彼がいたら、英国に行っていた？」

「そうだね」

ヴォルフィにもザーロモンから英国行きの依頼は二度あった。ヴォルフィも英国行きを視野に入れて英語を勉強していたが、最初の依頼のときは幼いカールを預けることができなかったため、断念した。二度目の依頼のときは、旅行中で家を空けていたため、返事が間に合わなかった。

「ハイドンは良い時期に英国に逃げたよ。今は音楽家にとってウィーンに留まる意味はない。あのサリエリですら、宮廷で冷遇されているという。僕も――逃げるべきだったのかもしれない」

「英国なら、今からでも行けるわよ。この仕事が一段落したら休養がてら行きましょう。レクイエムを書き上げたら、旅費ができるわ」

ヴォルフィはぼそりと言った。

「この作曲が必要なのはわかっているんだけど――気が進まないんだ。このレクイエムは僕のレクイエムになる気がする」

「ヴォルフィ、縁起でもないことを言わないで」

コンスタンツェは笑った。が、ヴォルフィは真剣だった。

「気が進まないのは、彼が——灰色の外套の人と一緒だったからかな」

灰色の外套というのは、いつだったかヴォルフィの口から聞いたことがある気がした。

(なんのことだったかしら……)

コンスタンツェが記憶の糸を手繰り寄せていると、ジュースマイヤーが言った。

「そうそう、外では灰色の外套を着た秘密警察が動いているんですよ。帝国内の不穏分子を探しているようです」

事実、ウィーンは物々しい空気で覆われていた。

フランツが生まれてすぐ、フランス革命の自国への波及を恐れた新帝レオポルト二世は、フランスでの暴動の鎮圧に乗りだすべく、オスマン帝国と休戦条約を結んだ。が、その矢先、フランス国王夫妻が亡命に失敗し、革命政府に捕らわれた。

レオポルト二世は妹の救出のため、欧州中の君主に援助を求める手紙を書いた。神聖ローマ帝国は周辺諸国と同盟を結び、フランスに兵を差し向けるという。そして、国内各地に秘密警察がおかれ、言論は厳しく取り締まられるようになった。

（また戦争かしら……）

コンスタンツェは溜息をついた。戦争が起きると世の中は音楽を必要としなくなる。

宮廷でも音楽に対する予算が削減されているという。ヴォルフィはグルックの死去に伴い、三年前に後任で宮廷作曲家の地位をあたえられたが、その報酬はグルックが二〇〇〇フローリンに対し、八〇〇フローリンだった。新帝が即位した後も地位を維持することはできたが、報酬が上がることはなかった。また、この年の春、ヴォルフィはシュテファン大聖堂の副楽長の地位を請願し、認められたが、無給だった。

ヴォルフィにとってさらに厳しい時代がくる。彼はなに食わぬ顔で五線紙に羽根ペンを走らせる。その白い顔を見ると、コンスタンツェの胸がつまった。


出産後、コンスタンツェは主治医のクロセットのもとを訪ねた。彼がすすめた温泉治療の効果を確認してもらうためだ。ほかにも彼に訊きたいことがあった。診察が終わると、コンスタンツェは声をひそめ、質問した。

「先生は不老不死の薬ってご存知ですか？」

「不老不死――ですか？」

　クロセットは眉間に皺を寄せた。その薬は彼が処方したのではなかった。

「今日診ていただきたかったのは、本当は私ではなく、ヴォルフィなんです。具合が悪いはずなのに不老不死の薬を飲んでいるから大丈夫だといって聞かないんです。そんな薬が本当にこの世の中にあるのでしょうか」

「不老不死という名がついた美容薬は聞いたことはありますが——科学的根拠はないものです」

「ヴォルフィはアクア・トファナを盛られていると言っているんです」

「モーツァルト夫人、素人に毒の判定はできませんよ」

　と答えた後、クロセットは「そういえば」と言い添える。

「以前、ご主人が音楽劇の台本で毒を飲むシーンがあったので、砒素について聞かれたことがありました。そのときにアクア・トファナの名前を出した覚えがあります」

『コジ・ファン・トゥッテ』だ。その中の狂言芝居で、砒素を飲むシーンがある。

「しかし、ご主人が本当に毒を摂取しているというのであれば、その一番の毒は過労でしょうね」とクロセットは言った。

「ご主人が体を壊すのは当然ですよ。聞けば、不規則な生活をして、何日も徹夜で曲を書いているそうではありませんか」

「ええ。ですが、それはヴォルフィにとってごく普通の日常です」

　コンスタンツェの言葉にクロセットは首をふる。

「確かにご主人は天才です。人の何倍もの速度で仕事をされる。ですが、天才とはいえ、肉体は普通の人間と同じです。肉体的な疲労は同じように溜まります。ご主人が働けば働くほど、その体には普通の人間の何倍も多くの疲労――毒が蓄積することになります」

「どうすればいいですか？」

「ご主人から楽譜をとりあげ、強制的に休ませることです」

「そんな……」

（やっとヴォルフィに大きな仕事が入ったというのに……）

　渋るコンスタンツェにクロセットはきっぱりと言った。

「このままではご主人は死んでしまいますよ」


　ヴォルフィにどう伝えればいいだろう――。市場で買い物をしながら、コンスタンツェは考える。ヴォルフィを休ませなければならない。けれど生活費はどうすればいいだろう。戦争のせいで物価が上がった。ヴォルフィが仕事をやめたら――。いや、大事なのはヴォルフィの健康だ。彼がいなくては収入は得られない。生活が成り立たなくなってしまう。

『皇帝ティートの慈悲』の納期まで二カ月。報酬は通常の倍の二百ドゥカーテン。この収入があればしばらくしのげることができる。母や姉たちに頼みこめば、当面の生活はどうにかなるだろう。

あとはジュースマイヤーだ。給金をろくに払えないまま、解雇するのはさすがに気がひける。でも——彼が弟子入りを望むなら、ヴォルフィが回復してから来てもらえばいい。

帰り道、コンスタンツェは雑踏に見慣れた顔を見て立ち止まる。

(ちょうどよかった。ジュースマイヤーだわ)

話しかけようと近づいたコンスタンツェは足を止めた。彼は見知らぬ、灰色の外套を着た男たちと話しこんでいた

「まだ証拠は見つからないのか」

男たちはジュースマイヤーに詰め寄った。

「やつが高位のFであることは名簿を見てわかっているんだ。これ以上ひきのばすと、約束の報酬は渡せないぞ」

「年末まで待ってくれと言っているんです。どうせ今は先生に構っていられる場合ではないでしょうに」

小声なので話はほとんど聞き取れなかった。

けれど、何やら秘密の——深刻な話をしているようだった。

（F？　証拠……？　なんのことかしら）

彼らが立ち去った後、コンスタンツェはジュースマイヤーに話しかける。

「ねえ、今の人たちは誰なの？　ヴォルフィに用があるの？」

コンスタンツェの声にジュースマイヤーは一瞬、ぎくりとした表情を見せたが、すぐに愛想の良い顔をつくった。

「ああ、奥様ですか。ご心配に及びません。レクイエムの使者ですよ。先生の進捗具合を確認に来たのです」

「本当に？　レクイエムの使者ってことは、サリエリの使いでしょう？　見たことがない顔なんだけど、あなたの知っている人なの？」

ジュースマイヤーは答えず、笑ってごまかした。

「心配するようなことは何もありませんよ」

一七九一年八月。フランツはすくすくと育った。

しかし、ヴォルフィの顔の吹き出物が治る気配はなかった。

「ヴォルフィ、少しは休憩しないと」

コンスタンツェは居間のビリヤード台で楽譜を書き続けているヴォルフィに言った。

「うん……。僕は大丈夫だよ。先にお休み、奥さん」

こういうときは何を言っても無駄だ。コンスタンツェはテーブルの上に食べ物を置き、傍を離れる。彼は寝食を忘れ、作曲に没頭していた。

このとき、ヴォルフィは三つの作曲仕事に追われていた。翌月九月六日に初演が行われるレオポルト二世のボヘミア王戴冠式(たいかんしき)用祝典の歌劇『皇帝ティートの慈悲』、九月下旬に公演が予定されているシカネーダーの音楽劇、そしてサリエリが持ってきたレクイエムだ。

一カ月で歌劇を二つ書き上げるのはいかにヴォルフィが天才で、速筆とはいえ、物理的に不可能だ。作曲が終わった後は立ち稽古、リハーサルにもつきあわないといけない。

クロセット医師の言葉を伝え、休むように説得しても、ヴォルフィは「この仕事が終わったらね」と、頑として聞かなかった。

ならば、できるだけ速く仕事を終わらせなければならない。

この三つの仕事に優先順位をつけるとしたら、一番は『皇帝ティートの慈悲』、二番はすでに前金が支払われ、高額な報酬が約束されているレクイエム、最後にシカネーダーの音楽劇だ。シカネーダーの音楽劇はいまだに報酬の話すらなかった。

ところが、翌日。ヴォルフィは向かいのテーブルで写譜をしていたジュースマイヤーに言った。

「フランツ、きみ、僕のかわりに『皇帝ティートの慈悲』を作曲しないか」

「ヴォルフィ、どうして？」

コンスタンツェは耳を疑った。なぜ彼は一番名誉な仕事を弟子に渡してしまうのだろう。

「『皇帝ティートの慈悲』は皇帝陛下の御前で演奏されるのよ。陛下に気に入られれば、宮廷楽長の道だって開かれるかもしれない。今後、曲の依頼が入るかもしれないじゃない」

コンスタンツェはヴォルフィに訴えた。しかし――。

「いや、僕が先に引き受けたのはシカネーダーの音楽劇だからね。もちろん、『皇帝ティートの慈悲』の大筋は僕が作曲するよ。でも、僕がやりたいのはこれじゃないんだ。フランツ、きみは僕の物まねが得意なんだろう？　やってみるといい」

師の作品の一部を弟子が手伝うことは、よくあることだが、ヴォルフィが自分の作品を他人に任せたことは一度もなかった。コンスタンツェはヴォルフィの意図がわからなかった。彼は本当にジュースマイヤーを高く評価していたのか、それとも――。

「僕を懐柔するつもりですか？」

ジュースマイヤーは意味深なことを言ったが、ヴォルフィは相手にしなかった。

「違うよ。僕はやりたい仕事を見つけただけだよ」

「先生がそう言うなら、僕は遠慮しませんよ。先生を超える傑作を書きますよ」

ヴォルフィは笑った。

「楽しみにしてるよ」


プラハで行われる『皇帝ティートの慈悲』の初演には、正直行きたくなかった。生後二カ月のフランツをおいて旅に出るのは気が進まなかった。が、ヴォルフィの体調が危ぶまれ、コンスタンツェは同行することになった。

ヴォルフィとジュースマイヤーが荷物を運び出している間に、一足先に馬車に乗りこもうとしたときだった。

「きゃっ」

誰かがコンスタンツェの外套をつかんだ。その痩せた男は灰色の外套を着ていた。

「どちらに行かれるんです？　まさか——ウィーンから逃げるつもりですか？」

彼は鋭い眼光で、コンスタンツェを睨みつける。彼の後ろにも灰色の外套を着た人々が立っていた。その人たちの顔をどこかで見た気がした。先日、ジュースマイヤーと言い争っていた男たちだ。

「ち……違います」

コンスタンツェは首をふって否定した。

「プラハでの戴冠式に行くだけです。祝典が終わったら帰ってきます。レクイエムのことでしたら、心配ありませんわ。戻ってきたら最優先で進めさせていただきます。ヴォルフィは仕事を放るような人じゃありませんわ。必ず――」

「モーツァルトは戻ってくるんですね」

男は念を押した。

「はい……」

そう答えると、男は外套から手を離した。

灰色の外套を着た人たちは、コンスタンツェの前から姿を消した。

恐怖で、コンスタンツェの心臓は止まりそうだった。

(あれが――レクイエムの使者――?)

「かわいそうに。愛しい奥さん、すっかりこわい思いをさせたね」

レクイエムの使者のことを話すと、ヴォルフィはコンスタンツェを慰めるように言った。

彼はプラハに向かう馬車の中でも作曲を続けた。

「ああやって定期的に僕の様子を見にくるんだけど、使者なら使者らしく、もっと陽気な人間をよこしてくれればいいのに。冗談のひとつくらい言ってくれれば、こっちもすぐに書こうという気になるかもしれないのに」

「先生！」

「そうじゃないか、フランツ。ああやって見張られていると、出るものだって出やしない」

彼は相変わらずコンスタンツェやジュースマイヤー相手に軽口を叩き、いろいろな話をし、ほとんど休むことはなかった。一度休んでしまったら、もう二度と動けなくなると思っているかのようだった。

これまで彼が呼吸するようにたやすく行ってきた作曲という仕事が——その肉体を蝕みはじめたのは、誰の目にも明らかだった。

その様子を見て、コンスタンツェは決意した。この仕事が終わったら、絶対にヴォルフィを休ませないといけない。

いつだったか、ヴォルフィが灰色の外套を来た死の国の使者が自分を連れに来ると話したことがあった。灰色の外套を着た人たちの顔が思い出され、コンスタンツェは身を竦(すく)める。不吉なものを見てしまったのではないだろうか。


プラハでのモーツァルト人気に変わりはなく、ヴォルフィはプラハ市民に熱烈に歓迎された。日々、各地で祝宴がくり広げられ、お祭りのようだった。

魔術小屋にサーカス。戴冠式当日には花火が打ち上げられる。

そう、人々はまるで王の帰還を喜んでいるようだった。かつてヴォルフィが語った「後ろの王国」がこの世にあるのであれば、プラハがまさしくその場所だった。

「モーツァルトさんですよね？」

「お会いできて光栄です」

行く先々でヴォルフィはもみくちゃにされた。

劇場では『ドン・ジョヴァンニ』が上演され、式典の祝宴の最中にもサリエリの指揮でヴォルフィの曲が演奏された。ヴォルフィは束の間、気力を取り戻した。

ヴォルフィはプラハに入ってからも『皇帝ティートの慈悲』の作曲を続け、十八日間で書き上げた。しかし、肝心の初演は失敗に終わった。新帝レオポルト二世は「退屈」と評し、皇后は「ドイツ人の汚いもの」と吐き捨てるように言ったという。

レチタティーヴォ・セッコ（チェンバロの伴奏で台詞を語り、進行する部分）を任されたジュースマイヤーはこの評価にひどく落ち込んだ。ジュースマイヤーに落ち度があったというより、題材と配役に問題があった。主役を歌うカストラートも、プリマドンナもひどい歌唱力と演技力だったからだ。

が、ヴォルフィは一切気にしなかった。彼の心はシカネーダーの音楽劇に向いていた。その音楽劇の題名は『魔笛』と言った。

出産直後に無理をしてプラハに行ったのがいけなかった。プラハから帰ってきてすぐ、コンスタンツェは体調を崩し、再びバーデンで静養することになった。

ヴォルフィを誘ったが、彼はバーデンに来なかった。ウィーンに戻った十日後に、『魔笛』の初演があったからだ。

ヴォルフィから送られてきた手紙によると、初演の感触は悪くなかったらしい。が、彼はずっと働き通しだった。彼こそ、静養が必要なのに、コンスタンツェは休めと強く言えなかった。彼が働いて収入を得ないと、家族四人が路頭に迷うことになるからだ。

（結婚した当初、どうしてあんなにお金を使ってしまったのかしら――）

コンスタンツェはかつての派手な暮らしぶりを後悔した。あのとき少しでも貯金をしていれば、今のようなことにならなかっただろう。が、節約していたら――貴族たちとつきあうことはできなかった。会合に顔を出さなければ、数々の名曲は生まれてこなかった。そう考えると、必要な出費だったのかもしれないとも思う。

　後悔しつつも、コンスタンツェには気になることがあった。

（あのとき稼いだ、一生かかっても使い切れないほどのお金を、ヴォルフィは何に使ってしまったのかしら――）

　医者に聞けば、ヴォルフィの不老不死の薬の手がかりがわかるかもしれない。そう思い、湯治場に行くと、コンスタンツェの担当者は変わっていた。

「前の方はどうされました？　お医者様の奥様は」

　担当女性は声をひそめ、耳打ちする。

「ここだけの話ですけどね。あの医者夫婦、捕まったそうなんですよ」

「捕まった？」

「ご主人が反宗教団体のFだったそうですよ」

「……F？」

「六年前にヨーゼフ二世陛下が禁止勅令を出した秘密結社ですよ。フランス革命の首謀者たちがこのFの会員だっていうじゃないですか。この国でまだ活動を続けていたんですね。おそろしいこと……」

そう言って女性は身震いした。

Fといえば、先日ジュースマイヤーと話していた外套の男たちがFの話をしていたことをコンスタンツェは思い出す。街中でもFの取り締まりを行っていた。

「あるご婦人が神父様に相談しに行って発覚したみたいですよ。Fの会員は教会の教えに逆らって、避妊や中絶を奨めて――そうそう、死は人生の最終目標と言っていたとか」

その言葉を聞いた途端、コンスタンツェの背筋に冷たいものが走った。その言葉を聞いたことがあった。確かヴォルフィが同じことを言っていなかっただろうか。そう、父レオポルトが死んだときに。

――死は人生の最終目標なんだよ。お父さんは目的を達成したんだ。

Ｆのことはコンスタンツェも人伝えに聞いてわずかながら知っている。彼らには会員以外の人には——たとえ家族であっても内部の秘密を漏らしてはならないという掟がある。

（もしやヴォルフィが隠していたのは——）

コンスタンツェの胸の鼓動が激しくなった。息が詰まりそうだった。

（私が会った、灰色の外套を着たあの恐ろしい男たちはレクイエムの使者ではなく——）

否定しようとしても、しきれなかった。コンスタンツェの頭は真実をさぐりあてていた。

そのときだった。

湯治場に駆け込んできた人がコンスタンツェの前で叫んだ。

「奥様、大変です。ご主人が倒れたそうで、使いの者が来ています。至急、ウィーンに戻るようにと」

十一月初旬、コンスタンツェは帰宅した。

「どうしてこんなことに……」

寝室で昏々と眠るヴォルフィを見て、コンスタンツェは呟いた。彼は死人のようだった。

ヴォルフィは不老不死の薬を飲んでいると言ったが、それも嘘だったのだろうか。

医師の指示のもと、ヴォルフィから楽譜をとりあげたが、効果はなかった。彼はどんどん衰弱していった。楽譜をとりあげても、無意味だった。ヴォルフィは頭の中で作曲を続ける。彼の頭の中ではすでに完成したレクイエムがずっと鳴り響いていたのだ。

「奥様、お見せしたいものが……」

寝室から出てきたコンスタンツェにジュースマイヤーが歩み寄った。

彼の手には大量の借金の督促状があった。ヴォルフィの部屋で発見したという。彼の手癖の悪さを咎めることもできなかった。その借金の額にコンスタンツェは衝撃を受けた。ヴォルフィの全盛期の数年分の収入に相当する額だ。

「裁判所からも通知が届いています」

「裁判所？」

その内容にコンスタンツェは絶句した。

リヒノフスキー侯爵がヴォルフィを告訴したという。下級裁判所はヴォルフィが侯爵から借りた一四三五フローリン他の支払いを命じ、期日までに支払われないのであれば、ウィーン宮廷から支払われている年棒八〇〇フローリンを差し押さえるとのことだった。

『皇帝ティートの慈悲』の報酬で、二〇〇ドゥカーテンが手に入っても、全然足りない。レクイエムの前金は使ってしまった。レクイエムの依頼から半年も経っているのに、曲は半分も仕上がっていない。

「破滅だわ。どうしよう……。ヴォルフィはどうして黙っていたのかしら……」

「奥様、サリエリ先生に相談しましょう。サリエリ先生なら助けてくれると思います」

ジュースマイヤーはそう言って、サリエリのもとに走った。

サリエリは『コジ・ファン・トゥッテ』、『皇帝ティートの慈悲』の作曲をヴォルフィに譲り、レクイエムの依頼を回してくれた。すがるような気持ちだった。

サリエリとジュースマイヤーの間でどういうやりとりがあったのかは知らない。だが、ジュースマイヤーは、ヴォルフィの回復を待つという約束を取りつけて戻ってきた。

あとは――。


「冗談はよしとくれよ！　お前たちはなんて愚か者なんだろう！」

実家に行ったコンスタンツェは母ツェツィーリアに怒声を浴びせられる。

「三〇〇〇フローリン以上の借金だなんて……」

母は酒杯を呷った。素面で聞いていられるかい、と言って。

「ヴォルフィは一生遊んでくらせるお金を稼いだだろうに、貯金もせずに一体何に使ったんだい。私からするとお前たちの生活ぶりはまったく理解できないよ。カールの寄宿学校が年間四〇〇フローリンだって？　お貴族様でもないのになんでそんな学校にやったんだい。そんな学校に行かせたにもかかわらず、カールのお行儀はひどいもんじゃないか。それに、ヴォルフィは借金がある身で、毎年お前をバーデンに行かせていたのかい？」

「バーデン行きは足の治療のためよ。クロセット先生にすすめられて……」

コンスタンツェは体を竦め、蚊の鳴くような声で言った。

「旦那が死にかけているときに、お前はぴんぴんしているじゃないか。いいかい。ヴォルフィが死んだら、遺族は遺産を動かすことができなくなるんだ。遺品は競売にかけられ、借金返済に充てられる。それだけじゃない。遺産の査定額によって相続税が定められる」

「相続税……。今よりも借金が増えるってこと？」

「そうだよ」

「どうしよう……」

「どうしようったって。訊きたいのはこっちだよ。まさか借金とりがうちにまで来ることはないだろうね」

「わからないわ。ヴォルフィの借金を放棄することはできないらしいの。彼が死んでも、借金はなくならないの。私が返さないといけないって……」

「スタンツェル！」

　母の怒声にコンスタンツェは身を震わせる。

「責めないでちょうだい。何も考えられないの。ヴォルフィは私たちを残して死んでしまうんだわ」

「そんなに弱いことでどうするんだい。お前は母親だろう？　……まだ手は打てる。ヴォルフィが生きている間に、ヴォルフィの持ち物を隠すんだよ」

　母は声をひそめた。

「隠す？」

「そうだよ。お前たちが最低限生活していける――極力金目のものをうちに運び出すんだよ。ヴォルフィが死んだ後、競売にかけられたら、ただ同然で手放すことになってしまう。ヴォルフィの物で何か高値がつきそうなものはないのかい？」

「何かって――」

　あるとすれば、ヴォルフィのザルツブルクの実家だろう。その家の物も、家長のレオポルトが亡くなってからどうなっているのか、コンスタンツェは知らない。

「今、ウィーンの家にあるのはヴォルフィの服……くらいかしら。でもあれはヴォルフィのお気に入りで」

「そういうのを運び出すんだよ。死人は服を着られないんだから」

「まだ生きているのに彼の物を処分するなんて……。まるでヴォルフィの死を望んでいるようだわ」

「スタンツェル、自分に都合の良い奇跡なんて、起こらないんだよ。そりゃヴォルフィが回復するにこしたことはないけれど、万が一のことがある。お前は自分の子供たちを救貧院にでも入れるつもりなのかい？」

「そんなことは——」

「だったら強くおなり」

母は力強く言った。

「でも、引っ越しでもないのに、荷物を運び出していたら人目につくわ」

「じゃあ、こうしよう。私とゾフィーが毎日見舞いに行くよ。お前はそれまでに運び出せるものを用意しておくんだ。私たちはヴォルフィの新しい寝間着や綿入れを作って持って行こう。帰るときは洗濯物を預かったことにして、持ち出せばいいだろう？」


迷っている暇はなかった。

（何を運び出せばいいのかしら――）

　帰宅したコンスタンツェはヴォルフィの書斎を見回した。お金になりそうなものは、ピアノやビリヤード台くらいのものだ。だけど、ヴォルフィの生前、これを運び出すわけにはいかない。荷物はほとんどなかった。手紙さえもろくに残っていない。

　がらくたを漁っていると、

「奥様……」

　ジュースマイヤーに見とがめられる。彼は驚きの目でコンスタンツェを見ていた。

「違うの……。私は……」

　ジュースマイヤーはすばやく動き、

「奥様、先生の自筆譜を隠しましょう！」

　とヴォルフィの棚を示した。彼はコンスタンツェの行動をすぐに理解した。

「一度手放してしまったら、先生の貴重な楽譜は二度と戻ってきませんよ！」

　そうだ。ヴォルフィが亡くなったら、彼の音楽は消えてしまう。

　彼の気迫に押されるように、コンスタンツェはヴォルフィの持ち物を整理し、楽譜を箱に詰めた。正直、ヴォルフィの自筆譜に価値があるなど思っていなかった。ただ、何かをしなければ心が持たなかった。

見舞いにきた母は楽譜の入った箱を受け取った。

「なるほど、名案だ。ジュースマイヤー、あの子は知恵が回るね。ヴォルフィの物で一番運び出しやすく、不審に思われないのが楽譜だからね」

「ヴォルフィの楽譜に価値なんかつくかしら。ウィーンでは誰も相手にしてくれないのに」

「馬鹿だね。こういうものは死んだ後に高値がつくものなんだよ。高値がつかなければ、いくらでも釣り上げればいいじゃないか」

「釣り上げるだなんて……」

「それこそ支援者のお貴族様のところにでも売り込みに行けばいいだろう？　出版社でもいい。ヴォルフィの人気が高いプラハはどうだい？　持っていく先はいくらでもある」

「楽譜を売ったら、遺産を隠していたことが役人にばれてしまうわ」

「死んだ後で見つかったとでもいえばいいだろう」

「でも……」

「スタンツェル、きれいごとを言っている場合じゃないんだよ。人は誰しも死ぬんだ。それが早いか遅いかの違いだ。私だってお前くらいのときには夢ばっかり描いていたよ。若い頃は誰でも夢を見るものさ。だけど夢だけじゃ食っていけない。生まれたときから神様からあたえられたものは決まっている。自分に配られたカードが少ないからって、それで勝負できないことはない。才能がない、女だからって嘆く暇があるなら、少しでも知恵を働かせてお金を貯めるんだ」

コンスタンツェは母のように割り切って考えることができなかった。

「遺産を隠すなんて……」

「誰でもやっていることだよ。見つかったとしても、夫の大事な楽譜を手放したくなかったとでもいえば、世間様もゆるしてくれるよ」

ヴォルフィは膨大な楽譜コレクションを持っていた。だけど、ヴォルフィが自分で書いたものか、写譜か、別の人の楽譜か、ときどき判別できないものがあった。そういうときは、ジュースマイヤーが助けてくれた。

「これは先生のものです。これは——違います。先生が写譜された楽譜です」

「すごいわね」

コンスタンツェはヴォルフィの筆跡はわかるが、作品の選別まではできない。

「先生は自作のリストを作っていましたし、先生の曲には特徴がありますから」

「見る人が見たら、楽譜の段階でわかるのね」

「パズルのようなものです。先生は完全なパズルを作るんです。そのピースに違う色や素材のものが混じっていれば、素人でもわかりますよ」

彼は日ごろからヴォルフィの楽譜や身の回りの品を整理していたらしい。楽譜も年代やジャンル別に分け、きちんと整理されていた。

「先生はどこでもなんでもつっこんでしまう癖がありますからね。こうでもしないとほしいものが見つからないのです」

彼の真剣な表情を見て、彼とヴォルフィの仲を妬いた自分が気恥ずかしくなった。

いつだったか、秘密警察がヴォルフィを訪ねてきたときも、彼はコンスタンツェにそれとわからないように、追い払ってくれた。

彼もきっとヴォルフィがFであることに気づいたに違いない。

「なにか？」

「ゆるしてちょうだい。あなたを誤解していたわ。こういうのは、私がするべきことだったのに。あなたはヴォルフィの傍にいて、私以上に世話をしてくれていたのね」

「お礼を言われるほどのことではありませんよ」

ジュースマイヤーは誰にも聞こえないように呟いた。

「僕を疑いもしないなんて、あなたたちは……人がよすぎるんですよ」

ヴォルフィが寝室でレクイエムの作曲をしている間、女性たちは極秘で作業を続けた。母と妹のゾフィーは一日に何度も出入りし、楽譜を持ち出した。コンスタンツェが実家を訪ねるという名目で、楽譜を持ち出すこともあった。罪深いことをしているという良心の呵責(かしゃく)、緊張と不安で頭がおかしくなりそうだった。

ヴォルフィは寝込んだ後も何度か外出したが、しだいに起き上がることさえできなくなった。彼が眠ったまま、目を覚まさないのではないかと思うとこわくて、ろくに眠ることもできなかった。だけど、その日は刻一刻と迫っていた。だから、楽譜を選ぶ手を休めるわけにもいかなかった。家の中は緊張感で満ちていた。

いつだったか、ヴォルフィは「自分が毒を盛られている」と言った。

それが事実だったのかどうかはわからない。だが、その毒がクロセット医師の言う「過労」であるのなら、自分も彼の暗殺に加担していたのだとコンスタンツェは思った。皆と一緒に彼に毒を盛ってしまった。止めることとすらしなかった。そして今も。

寝台で眠るヴォルフィの顔は浮腫(むく)み、大量の吹き出物で覆(おお)われている。

（ヴォルフィは本当にFなのかしら。でもどうしてFに入ったのかしら……）

疑問が頭を取り巻いたが、こんな状態の彼に訊けるはずもなかった。

コンスタンツェに気づくとヴォルフィは目を開け、顔をほころばせた。こんなときに無邪気な顔をする彼が憎くもあり——それでも、いとおしかった。

「お帰り、スタンツェル。『魔笛』を見たかい？」

「まだよ。ウィーンに帰ってきたばかりだし……」

「シカネーダーの劇場でまだやっているから、見ておいで。何十回も再演が続いている。成功したんだ。きみのお姉さんのヨゼファが夜の女王を演じている。きみに見てほしい」

「ヴォルフィが元気になったら行くわ」

彼の顔は青白かった。浮腫みで膨れ上がった体から奇妙な異臭がした。

彼の顔を見ると、胸に哀しみと後悔（こうかい）が押し寄せた。何があっても、何を言われても、彼の傍に留まるべきだったのに。どうして一時的でも彼の傍を離れてしまったのだろう。

コンスタンツェの手にあたたかい感触があった。ヴォルフィの手だった。彼の手は、コンスタンツェの手を握った。

「レズナツノーク、『後ろの王国』を覚えているかい？」

なつかしい呼び名にコンスタンツェの胸が熱くなった。

「ええ……ヴォルフィ」

「ずっときみに謝ろうと思っていたんだ。僕はきみに大変な役割をおしつけてしまった。『後ろの王国』の王妃という仕事だ」

「ヴォルフィ、私もあなたにずっと話そうと思っていたの。あなたは選択を間違えたんだわ。私ではなく、別の人を王妃に選ぶべきだった。もっと歌が上手で、頭がよくて、健康で、たくさんの子供が産めて――」

　コンスタンツェの唇にヴォルフィの指が触れる。

「スタンツェル、王妃の条件はね――」

　ヴォルフィの青い目はまっすぐコンスタンツェを見つめた。

「一番に夫を愛さなければならない。二番にパパゲーノとパパゲーナたちを愛さなければならない。三番に――国王に何かがあったときに、王国を存続させなければならない。たくさんのパパゲーノとパパゲーナたちのために。きみにしかできない仕事なんだ。覚悟のいる仕事だよ。王様は『天才音楽家モーツァルト』という仮の姿でいい加減なことをしてきたからね。きみは将来、多くの人から誤解と中傷を受けることになるだろう。口汚く罵（ののし）られることもあるかもしれない。だけど、退職届けは受けつけないよ」

　ヴォルフィはいつものように茶目っ気たっぷりに言った。

「ひどいわ。ヴォルフィはいろんな仕事をやめたのに、自分以外の人間には厳しいのね」

「『後ろの王国』に退職届けはないんだ。だから、きみが──やり遂げるしかないんだよ」

「やり遂げたらどうなるの？」

「もう一つの、本当の『後ろの王国』がきみを待っている。僕たちは歓迎の曲を練習しておくよ。大曲をつくって、じっくり練習するからね。小さいパパゲーノの中にはあまり楽器がうまくない子もいるかもしれない。だから、その子を急かさないように、きみはゆっくりやってくるんだよ」

「そんなの嫌よ。ヴォルフィ、ちゃんと治療を受けてちょうだい。しっかり休んでほしいの。私を置いていかないで！」

「死は人生の最終目標だ。僕は喜んで受け入れるし、その日まで精一杯生きる。だからきみも──」

これは彼の遺言なのだと思った。けれど、最後の最後になっても、彼は自分の秘密を明かそうとはしなかった。だから、コンスタンツェも聞かなかった。彼がFであることも、彼がつくった莫大な借金の理由も。彼を苦しませたくなかった。いや、彼と残り少ない時間を、そんなことに使いたくなかった。ただ、彼を感じたかった。

レクイエムを楽譜に起こす間、ヴォルフィはコンスタンツェを傍においた。羽根ペンを走らせる右手は動き続け、左手でコンスタンツェの体にふれた。コンスタンツェを抱きよせ、頭を撫(な)で、頰を撫で、鼻を撫で。そこにあるものすべてを確認するように。いとおしみ、そして別れを告げるように。

往診に来たクロセット医師はヴォルフィの病名を特定できずにいた。が、彼の余命は長くないと宣告した。


ジュースマイヤーはヴォルフィにつきっきりで、レクイエムの譜面起こしをした。

ヴォルフィは頭の中でレクイエムを完成させていた。が、それを五線紙に書きだすことができなかった。健康体であれば、数日もあれば完成させたであろう量にもかかわらず。

レクイエムは全十四曲。そのうち、ヴォルフィが完成させたのは第一曲の「入祭唱」と第二曲の「キリエ」だけだった。

コンスタンツェは枕元の椅子(いす)に腰かけ、ジュースマイヤーに口頭で指示するヴォルフィの横顔を見つめた。彼の歌声はかすれていた。肉体も精神も消耗(しょうもう)し、指先を上げることすらできない。その彼に休めと言えない自分がつらかった。莫大な借金があることが判明した今、この作品を完成させた残りの二二五フローリンが自分たちにどうしても必要だった。

しかし――。

「僕には……もう無理です。書けません！」

何日か経過した後、寝室から出てきたジュースマイヤーはコンスタンツェに訴えた。

「先生の口から音楽が尽きることなく溢(あふ)れてくるんです。なのに――僕がその速さについていけないから曲を完成できないのです。先生のスケッチを見ても、僕には何も思いつかない……」

「落ち着いてちょうだい」

「それに先生は僕の罪を知っているんです。知っていて――……」

「罪……？」

「僕は大変なことをしてしまいました……」

ジュースマイヤーの罪を聞いている暇はなかった。今、頼りになるのは、彼しかいなかったからだ。

一七九一年十二月四日。

その日は凍(い)てつくような寒さだった。

ヴォルフィが寝込んで半月が経過した。彼にはもうペンを握る力もなかった。飼っていたカナリヤの囀(さえず)りさえ、耳障(みみざわ)りだと言って遠ざけた。その場にいる人々も皆、彼の看病と遺産整理に追われ、疲れ果てていた。

ヴォルフィはレクイエムを歌い続けたが、その楽譜はまだ完成していなかった。

「先生、もう少し大きい声でお願いします」

ジュースマイヤーは気力をふりしぼって、ヴォルフィについていった。

あとは神に祈るほかはなかった。

「スタンツェル、だめだわ。神父様は来てくださらないって。どうしてかしら……」

教会に行ったゾフィーが戻ってきた。キリスト教信者は臨終(りんじゅう)の際、意識があるうちに、神父から「終油(しゅうゆ)の秘蹟(ひせき)」を受けなければならない。

教会にヴォルフィがFである噂(うわさ)が届いているのだろうか——とコンスタンツェは思った。

Fは法王から破門令が出ている。

「どうしよう」

「別の教区の神父様にお願いするべきかしら」

思案していると、

「スタンツェル、僕に終油の秘跡は必要ないよ」

コンスタンツェの背後から、寝台のヴォルフィの声が響いた。

「だめよ。大事な儀式だもの。死んだ後、あなたと別の場所に行くのは嫌よ」

「愛しい奥さん、どうしてわからないんだろう。僕はいつもきみの傍にいる。これからも」

「いつもじゃなかったわ。バーデンに行ったときは別だった。あなたは私を傍においてくれなかったわ。旅行に行ったときも――。あなたは私に隠し事をしてばかりで……」

話していると、自然と目から涙がこぼれおちた。

いつも後悔してばかりだとコンスタンツェは思った。なぜ、彼に安らかな死をあたえてあげられないのだろう。なぜ、こんなときに彼を詰るようなことを言っているのだろう。なぜ、彼にとっていい妻でいてあげられないのだろう。

ヴォルフィは視線をゾフィーに向けた。

「ゾフィー、きみが来てくれて本当によかった。スタンツェルを支えてほしい。そして、今晩ここにいて、僕が死ぬのを見ていてくれ。舌がもう死の味がしている」

衰弱しても、ヴォルフィの意識ははっきりしていた。彼の口から紡ぎ出される音楽は完璧で、一音も間違えることがなかった。レクイエムは彼の頭の中で高らかに鳴り響いている。あとはそれを外に出すだけなのに――。

　ヴォルフィの口はティンパニーのリズムを刻んだ。が、

「ああ……だめだ。聞こえなくなった。……もう歌えない……」

　ヴォルフィはそう言って、涙を流した。彼はもう笑うことも、冗談を言うこともできなかった。目を閉じ、静かな寝息を立てた。口もとに手をふれると、息が漏れていた。彼がまだ生きていることにコンスタンツェは感謝した。

「スタンツェル、ヴォルフィはどうだい？」

　母ツェツィーリアが見舞いに来た。

「呼吸が苦しそうなの。どうにかして楽にしてあげたいのに」

「クロセット先生は」

「劇場が終わる時間に来るって言ったわ」

「どうしてすぐに来てくれないのかね」

「わからない。でもすぐじゃなくて良かったのかもしれないわ。荷物を運び出せる」

　女性たちは自分たちを奮い立たせた。

夜遅く、主治医のクロセットが診察に来た。

「連絡に時間がかかりましてね。遅くなりました」

（連絡……？）

言葉の意味を訊いている暇はなかった。

ゾフィーが言った。

「先生が来てくださったから、安心よ。スタンツェルは少し休んだほうがいいわ」

コンスタンツェは長椅子に体をしずめた。彼女も市内を飛び回り疲れていた。油断すると、気を失いそうだった。何日間もろくに寝ていない。でも、ヴォルフィから目を離したくなかった。

「ご主人は今夜が峠でしょうね」とクロセットは言った。

「どうにかなりませんか」

ゾフィーの言葉に、クロセットは鞄から医療器具を取り出した。

「気休めにしかならないかもしれませんが」

そう言って、彼はヴォルフィの浮腫んだ腕にナイフの刃をあてた。

コンスタンツェは跳び上がらんばかりに驚いた。

「何をしているんですか？」

「瀉血ですよ。悪い血を出せば、少しは楽になりますよ」

「だめです！　それだけはだめ！」

コンスタンツェは声にならない声をあげた。その昔、結婚する前にヴォルフィと約束した。彼の母は瀉血が原因で亡くなった。だから、絶対に彼に瀉血はしないと。

「スタンツェル、先生に任せましょう」

コンスタンツェはゾフィーに取り押さえられる。

ヴォルフィの腕から流れる血はシーツを赤く染めていった。それと同時に、彼の息が荒くなる。

「いけない……」

クロセットは慌てて別の処置をした。が、すでに手遅れだった。

ゾフィーとクロセットが何やら言い争っていたが、コンスタンツェには聞こえなかった。

「ヴォルフィ！」

コンスタンツェは寝台の上に身を投げ出し、彼の名前を呼んだ。

「ヴォルフィ…！　ヴォルフィ……‥…！」

いくら名前を呼んでも、顔を叩いても、反応はなかった。彼は目を覚まさなかった。

彼が自分の傍からいなくなる。そんなことは信じられなかった。

――スタンツェル、愛しい奥さん。

彼の声はもう二度と聞くことができない。こみあげる涙で彼の顔が見えなくなった。

「ああ……神様」

コンスタンツェは祈った。

「どうか……私の命を奪ってください！　私もヴォルフィと一緒に」

「馬鹿なことを言うもんじゃないよ！」

母の手がコンスタンツェの頬に飛んだ。痛いはずなのに、痛みを感じなかった。

「しっかりおし、お前は二児の母親だろう！」

今にして思えば、ヴォルフィは自分の運命を知っていたのかもしれないとコンスタンツェは思った。彼はかつて灰色の外套を着た使者が自分を死の国へ連れて行くと話していた。だけど、灰色の外套を着る人は多い。レクイエムの使者――秘密警察だけではない。ジユースマイヤーも灰色の外套を持っているし、秘密警察もそうだ。

そういえば――とコンスタンツェは顔を上げる。今日クロセットが着てきたのも、灰色の外套だった。そして、コンスタンツェ自身が持っていたのも――。


どのくらい時間が経っただろうか。

寝室の長椅子（ながいす）に横たわっていたコンスタンツェが目を覚ましたとき、目の前に黒服の人が立っていた。

「彼は目標を完遂（かんすい）させたのです」

聞き覚えのあるその声は、ヴォルフィの支援者の一人、スヴィーテン男爵だった。が、コンスタンツェの頭には靄（もや）がかかり、目にしている光景が夢か現実かわからなかった。

「連絡を受けて参りました。あとのことは我々にお任せください。これはモーツァルトを永遠にするための儀式です」

「永遠……？」

「ええ、彼は永遠に生き続けるのです」

コンスタンツェは目の前で起きていることを最後まで見届けたかった。しかし、気力も体力も限界だった。

「いいですか。あなたは何も見なかった。あなたはずっと病気で伏せっていたのです」

スヴィーテン男爵はコンスタンツェに念を押した。

黒服を着た人々はヴォルフィにも同じような黒い服を着せ、棺桶（かんおけ）におさめた亡骸（なきがら）を外に出した。黒い人々の葬列は聖シュテファン大聖堂の方角に向かい、闇の中に消えた。

終章

「これが――五十年前のヴォルフィの死について、私が知っているすべてです」

話し終えると、老いたコンスタンツェは深く息を吐き、目を伏せた。その姿は告解（こっかい）を終えた人のようだった。

話を聞き終えたフランツはやっとのことで、言葉を紡（つむ）いだ。

「お父さんは……Ｆの一員だったのですか」

フランツの頭は混乱した。Ｆはフランツが幼い頃に処刑令が出た秘密結社だ。「悪魔の教会」と呼ばれたこともある。

「それが……お父さんが隠していた秘密……」

と同時に母が自分に隠していた秘密でもある。そういえば、叔母（おば）ゾフィーが言っていた。

――スタンツェルがやっていることは、すべてお前のためなんだよ。

その言葉のとおりだった。自分の身内にＦがいたとなれば、人から何を言われたかわからない。安穏とこの年まで生きられなかっただろう。

「ヴォルフィ……いえ、フランツ、大丈夫？」

コンスタンツェの手がフランツの体にふれる。

「ええ……。僕は大丈夫です。……お母さんこそ」

「ヴォルフィがFだったと知って、ようやくすべての謎が解けた気がしたわ。なぜ彼がウィーンの貴族社会や音楽業界から締め出されたのか、なぜ『フィガロの結婚』が成功しなかったのか。なぜ大金を借金したのか。戦争も原因の一つだけど、そのお金を何に使っていたのか――。最後まで彼の周りにいて、支援してくれた人たちのほとんどがFだったの」

葬儀を取りしきったスヴィーテン男爵、度重なる借金に応じたプフベルク、ラッケンバッヒャー、リヒノフスキー侯爵。『魔笛』の台本作家シカネーダー、主治医クロセット、そして恐らくサリエリも。

「すべて後になって知ったことよ。Fは会員以外の人間には、身内でも秘密を漏らしてはいけないそうなの。だから、ヴォルフィは私に話せなかったの。Fは会員同士、相互援助の規約があるから、ヴォルフィは何の遠慮もなく、会員仲間からお金を借りていたの。彼は同志のリヒノフスキー侯爵が自分を裁判で訴えると思っていなかったようだけれど」

「お父さんはそのお金を何に使ったのですか」

「Fの新しい支部(ロッジ)の設立よ。ヴォルフィは理想の社会をつくろうとしていたの。王侯貴族の顔色をうかがうことなく、時世に左右されず、音楽家が自由に活動できる世界を求めて」

「わかりません」

フランツは首をふった。

「そんなことのために……借金をして、秘密警察に追われ、家族を苦しめたのですか。なんの理由にもなっていませんよ。そもそもなぜFに入ったのですか。法王から破門令が出て、国内でも処刑令が出た秘密結社じゃありませんか」

「Fでの活動はヴォルフィにとって大切なことだったのよ。私も噂(うわさ)を鵜呑(うの)みにして、誤解した時期もあったけれど、Fはそもそも宗教ではないし、反カトリックでもない。もとは石工組合を前身とする、進歩的な考えの人が集まった社交場だったの。ハイドンも、ヴォルフィのお父さまも入っていたわ」

「そんな馬鹿な……。だって現に……」

「フランツ、昔のことを今の価値観で理解しようとしてはいけないわ。私がまだ若かったとき、Fは国内で奨励(しょうれい)されていたの」

「奨励されていた？」

「マリア・テレジア陛下の夫はFだった。その息子のヨーゼフ二世──ヴォルフィを庇護してくださった皇帝陛下も、進歩的な考えを持つFを奨励したの。ヴォルフィの理解者や、友人の貴族たちの中にもFが大勢いたわ。当時のFは貴族、音楽家、芸術家が集まる知的サロンだったそうなの。だから、ヴォルフィがFに入るのは、ごく自然なことだったのよ」

モーツァルトがコンスタンツェに隠れて行っていた貴族の会合は、Fの会合だった。

「彼がFに入ったのは、死が最終目標というFの死生観に賛同したからかもしれないわね」

新しい教えを知り、モーツァルトは死を恐れなくなった。

神聖ローマ帝国内において奨励されていたFを規制するきっかけとなったのが、王侯貴族と現体制を批判した『フィガロの結婚』だった。フランスではこの原作の影響で革命が発生したため、歌劇の作曲に携わったモーツァルトも革命思想を普及させたとして危険視された。また、フランス革命の首謀者たちの多くはFだったため、政府はFを革命家、反政府運動者と同一視し、厳しく取り締まるようになった。かつてFに所属していた貴族たちの多くは禁止令が出ると共に脱退したが、モーツァルトは最後まで会員であり続けた。

「さすがのヴォルフィも危険を感じて、妻である私を遠ざけたの。サリエリがレクイエムの曲を持ってきたのは、ヴォルフィを助けるためだったのかもしれない。宗教曲を書いていれば、反宗教的ではないと社会の目を欺くことができる。その依頼主が高貴な方なら、秘密警察は手が出せない。秘密警察に監視されていたのを、ヴォルフィはジュースマイヤーと示し合わせて、私の前ではレクイエムの使者が頻繁に訪ねてきているとごまかしたりした。今にして思えば、引っ越しを続けたのも、意味があったのかもしれない。でも、ヴォルフィがFであることを本当に伏せる必要に迫られたのは、彼が亡くなった後なの」

コンスタンツェは昔を思い出し、語った。

フランスではFである革命家たちにより王国貴族の大虐殺がはじまり、欧州中でFに対する反発と弾圧がはじまった。神聖ローマ帝国内でも、モーツァルトが亡くなった翌年に急死したレオポルト二世はFによって暗殺されたという噂が立った。

後を継いだフランツ二世は国内のFはすべて処刑するという勅令を出した。国内の支部は抹消され、かつてFに関わった人々は沈黙し、無関係を装った。

モーツァルトがFだという噂は当時からあったが、コンスタンツェは知らないふりをした。自身と子供たちのために——。

モーツァルトがFであるという噂の根拠となったのが音楽劇『魔笛』だった。『魔笛』

はFの秘儀を外に出したもので、そのため、モーツァルトはFに暗殺されたとも言われた。制裁するために使われたのがアクア・トファナだとも。

「だけど、この話は完全にデマだわ」

コンスタンツェは力強く言った。

「秘儀を外に出したのが罪でFに暗殺されたのなら、この歌劇の台本を書き、公演を行ったシカネーダーも同罪のはずよ。だけど、彼は生き延びている。『魔笛』はヴォルフィが作ろうとした新支部の勧誘劇だと言う人もいたわ。本当のところはわからない。だけど、私にはそうは思えなかった」

『魔笛』はモーツァルトの音楽劇でもっとも大きな成功をおさめた。しかし、その評価は初演当時から真っ二つに割れた。「物語が破綻(はたん)している」、「反宗教的だ」という人もいれば、「楽しい娯楽(ごらく)作品」という人もいた。サリエリは絶賛し、何度か劇場に通ったそうだが、音楽が難解すぎるという人もいた。

「何事も見る人によって感想が異なるものだけど」とコンスタンツェは話を続けた。

「私も――『魔笛』を観たときに、人とは別の感想を持ったわ。それを見て、やっとヴォルフィが私に隠していたこと――謎の答えを知ったのよ」

時間は五十年前に遡る。

ヴォルフィが亡くなった十二月。

――スタンツェル、見ておいで。

病床のヴォルフィに何度もすすめられたが、コンスタンツェは彼の生前、『魔笛』を見なかった。彼の容態が悪化し、機会を失ったためだ。借金などの問題が山積みでそれどころではなかったせいでもある。彼が没頭した作品にどこか嫉妬していたのかもしれない。

彼はバーデンにいたコンスタンツェに公演や練習の様子を書き送ってくることはあったが、詳細を話すことはなかった。

ヴォルフィの死後、ややあって『魔笛』の追悼公演が決まった。

コンスタンツェは彼の妻と気づかれないように一人でその劇を観に行った。胸には不安と期待がないまぜになっていた。様々な評が聞こえるヴォルフィ最後の音楽劇。彼が何より優先して完成させた作品――それは、自分の目にどう映るのだろう。

『魔笛』の舞台はエジプトをイメージした架空の世界だ。作品のモチーフや数字にFの秘儀が隠されているというが、コンスタンツェにはわからなかった。

第一幕。

主人公のタミーノ王子は岩山で大蛇に襲われ、気を失っていたところ、夜の女王の三人の侍女に助けられる。そこを全身鳥の羽を身に着けた男性が通りかかる。演じているのは座長のシカネーダーだ。彼はパンフルートを首から提げ、朗々とした声で歌った。

僕は鳥捕り、いつも陽気だ、ハイサ、ホプササ！


（あ……）

コンスタンツェの心臓がとくん、と鳴った。

（この歌はまさか……）

コンスタンツェはこの歌を聴いたことがあった。ヴォルフィがバーデンに訪ねてきたときに歌った歌だ。

――今、こういうのを書いているんだ。『僕は鳥捕り、いつも陽気だ、ハイサ、ホプササ！』さあ、スタンツェルも歌って。

ああ、ヴォルフィ……。なつかしさで胸がおしつぶされそうになり、体が震えた。

この感情を彼に伝えたい。なのに、彼はここにいない。

シカネーダーが演じる鳥男は、滑稽な演技で観客の笑いを誘った。

彼は王子を救ったのは自分だと嘘をつく。その瞬間、三人の侍女があらわれ、咎めるように彼の名を呼んだ。

「パパゲーノ！」

コンスタンツェははっとした。この鳥の姿をした男性は「パパゲーノ」というのだ。

そう、ヴォルフィの「後ろの王国」に住む男性だ。その王国では男性はパパゲーノ、女性はパパゲーナと呼ばれるという。

その話を思い出し、コンスタンツェの胸の動悸が激しくなった。

パパゲーノは嘘をついた罰で、口に錠をされ、試練を受けることになる。

タミーノ王子は夜の女王に頼まれ、悪者にさらわれた夜の女王の娘、タミーナ王女を救いに行く。そしてパパゲーノも彼に同行することになる。

王女の救出話かと思いきや、第二幕で物語は逆転する。夜の女王の娘をさらったザラストロは、娘を保護しており、悪者は夜の女王のほうだった。そして、ザラストロはタミーノ王子に王女を得るための試練をあたえる。

王女救出話、試練克服話、本筋とは関係なく絡んでくるパパゲーノ。

ヴォルフィの楽しい音楽と、個性豊かな配役でごまかされているが、話の筋が追いにくい。シカネーダーは、台本を書く際にいくつかの物語を下敷きにしたというが、そのせいで物語がぶれているのだろうか――とコンスタンツェは思った。が、途中で気がついた。いや、そうではない。これはヴォルフィとシカネーダー、二人の世界観が融合(ゆうごう)した作品なのだ。そしてヴォルフィがこの舞台で描こうとしたのは――。

(「後ろの王国」なんだわ……)

気づいたとき、体が熱くなった。全身に鳥肌が立った。

観客席の中でこの意味がわかるのはきっと自分しかいない。かつてヴォルフィが語った――彼の「後ろの王国」が舞台の上に存在していた。

(だから、ヴォルフィはあんなにもこの音楽劇に夢中になったんだわ……)

楽天的なパパゲーノはたちまち観客の人気を集め、登場すると拍手がわいた。

そのパパゲーノに「魔法の鈴」があたえられる。「後ろの王国」に存在する、一つだけ願い事が叶えることができる魔法の鈴だ。

その魔法の鈴は、コンスタンツェの苦い記憶を呼び起こす。大ミサの公演で歌えなかったこと、ヴォルフィを失望させたこと、それから第一子ライムントの死。

(私は浅はかにも自分の歌のために使ってしまったけれど――)

そういえば、ヴォルフィはその「魔法の鈴」を何に使ったのか、聞いていなかった。いや、ヴォルフィは「魔法の鈴」を使ったことがあるのだろうか。彼なら「魔法の鈴」で何を望んだだろう——。

試練に打ち勝つと、パパゲーノは「パパゲーナ」に会えるという。しかし、「沈黙」「火」「水」の試練を次々と克服していくタミーノ王子に対し、だめ人間のパパゲーノは脱落する。絶望して木に縄をくくり、死のうとするパパゲーノの前に三人の童子があらわれ、魔法の鈴を鳴らすように告げる。そこで、彼は死ぬ前に——「魔法の鈴」を鳴らす。

その瞬間、彼とそっくり同じ姿の、鳥の羽で全身を覆われた若い女性があらわれた。彼の愛する、「パパゲーナ」だ。

——後ろの王国では男性はパパゲーノ、女性はパパゲーナと呼ばれているんだ。僕はパパゲーノ。で、きみはパパゲーナ。

ふいにヴォルフィの声が聞こえた気がした。

(あのパパゲーナは……私………？)

コンスタンツェの心臓は早鐘を打った。信じられなかった。

(彼の願いはパパゲーナに会うことだったの——？)

舞台上のパパゲーノとパパゲーナは、まるで二羽の小鳥が囀りあうように愛を語らった。

パ・パ・パ・パ・パ・パ、パパゲーノ！
パ・パ・パ・パ・パ・パ、パパゲーナ！

パパゲーノとパパゲーナの二重奏だ。

きみはすっかり僕のもの？
あたしはすっかりあなたのものよ

じゃあ、僕の愛しい小さな奥さんになって！
じゃあ、あたしの大切な小鳩になって！

パパゲーノとパパゲーナ——恋人たちは神様にお願いする。

神様が私たちにさずけてくださったら、どれだけうれしいことだろう
愛しい小さな子どもたちを！

まずは、小さなパパゲーノ
それから、小さなパパゲーナ

ではもうひとりパパゲーノ
それから、もひとりパパゲーナ

歌っている二人の背後に、パパゲーノとパパゲーナと同じ姿をした小さな子供たちが次々とあらわれる。鳥のように羽をばたばたさせる子もいれば、舞台に立っていることがわからず、ぼんやりしている子もいる。

愛らしい姿に会場からくすくす笑いが漏(も)れたが、コンスタンツェは笑えなかった。パパゲーノとパパゲーナの間に生まれた子供たちの数は――六人だったのだ。

こんなことがあるのだろうか。コンスタンツェは数え直した。

（ライムント、カール・トーマス、ヨハン・トーマス・レオポルト、テレジア、アンナ・マリア、それから――フランツ・クサーヴァー）

それは天にも昇る心地

たくさん、たくさん、たくさん、たくさんのパパゲーノ、パパゲーナ
私たちはなんて幸せな親だろう

パパゲーノとパパゲーナは、小さいパパゲーノとパパゲーナたちと手をつないで退場していった。陽気に歌いながら。

笑いの絶えない劇場で、泣くのはおかしいことだと思った。けれど、コンスタンツェはこらえられなかった。

ヴォルフィが自分に隠し事をしていたのは——彼がFだったからだと思っていたが、それ以外にも理由があったのだ。

——愛しい奥さん、スタンツェル。

（ああ、ヴォルフィ……）

コンスタンツェは涙で濡れた顔を両手で覆った。

彼は時間をかけ、壮大なサプライズを用意していた。彼は人を驚かせ、喜ばせるのが好きな人だった。

「……ヴォルフィはいつもそうだった。彼は──私の驚いた顔がどれだけ見たかったか。なのに──私は彼の願いを叶えてあげられなかった。いつも自分のことで頭がいっぱいで……。彼を理解してあげられなかった。だから、悪妻の誹り(そし)を受けても仕方がないのよ」

老いたコンスタンツェは声を詰まらせた。

「お母さん……」

フランツは母の肩を抱く。彼女が落ち着いた後、フランツは訊いた。

「……お父さんの死因は結局、過労だったのですか？」

コンスタンツェは答える。

「過労に──いくつかの要因が重なったの」

「なぜ、検死を行わなかったのですか？」

「ヴォルフィの名誉を損(そこ)なう可能性があると、医師のクロセット先生が躊躇(ちゅうちょ)したのよ。彼が使っていた不老不死の薬は水銀だったの」

「水銀？」

「ヴォルフィは人一倍身だしなみに気を遣う人だったわ。顔の吹き出物を気にして、当時の美容薬であった水銀を服用していたの。今なら水銀が人体に有害な物質だと知られているけれど、当時、水銀は不老不死の特効薬として貴族の間に出まわっていたの。水銀には様々な薬効があり、倦怠感、疲労や鬱の症状にも効くと言われていたわ。スヴィーテン男爵のご実家は水銀を研究なさっていたので、ヴォルフィは男爵から入手し、服用していた可能性が高いって」

「それなら水銀摂取を死因としてもよかったのではないですか？」

　コンスタンツェは首を横にふる。

「水銀は当時、梅毒の治療薬としても使われていたの」

　梅毒は性行為によってうつる感染症だ。天才音楽家モーツァルトが梅毒の治療で死んだとなると、さすがに聞こえが悪かった。

「当時の治療法や薬には危険なものが多かった。化粧の白粉も主な成分は砒素だったわ。アクア・トファナを飲まなくとも、人々は日常的に毒を摂取し、その治療のために血を抜いたり、毒を摂取したりしたの。瀉血で命を落とした人も多くいたわ。でも、書き方によっては、ヴォルフィによくしてくださったクロセット先生、スヴィーテン男爵を非難することになってしまう。だから私は沈黙したの」

「サリエリ先生の毒殺説は……」

「でたらめよ。ヴォルフィの死の前後、何度か我が家を訪れたり、葬儀に参列してくださったことで余計な疑いを招いたのね。彼もFだったので、世間に向けてすべてを告白することができなかったの」

モーツァルトの死後、モーツァルト未亡人救済演奏会が開かれた。そこで指揮をしたのがサリエリだった。彼はジュースマイヤーが補筆し、完成させた『レクイエム』の初演を行い、自ら指揮をしたという。

「レクイエムの本当の依頼主は――高貴な方だというだけで、結局正体はわからずじまいだったけれど、サリエリはその後も私たちに親切にしてくださったの。彼がヴォルフィを殺すような人なら、私は息子を彼に預けたりはしないわ」

「レクイエムはジュースマイヤーが無事、完成させたのですね」

「ええ、でも……それまでが大変だったのだけれどね」

一七九一年十二月。ヴォルフィの葬儀から数日経ち、帰宅したコンスタンツェは驚いた。ジュースマイヤーがレクイエムの草稿を置いたまま、行方(ゆくえ)をくらましたのだ。

レクイエムを完成させるべく、コンスタンツェは手を尽くし、彼を探した。前金を受け取った以上、レクイエムは完成させなければならない。半年以上も前に依頼を受けたのに、納期をひきのばした挙句、十四曲中、二曲しか形になっていないなどと言い出せなかった。念のため、別の作曲家に打診したが、断られた。ヴォルフィのレクイエムの構想を聞いたのはジュースマイヤーしかいなかった。

コンスタンツェはジュースマイヤーの行方を執拗に探した。この行動のために、後に彼と恋仲だったと疑われることになろうとは、そのときは考えてもいなかった。

ようやく発見したとき、彼は憔悴しきっていた。彼もコンスタンツェたちと同様、ヴォルフィが寝込んでから葬儀の日まで、ろくに休めていなかった。

「僕を……なじりに来たんですか？」

ジュースマイヤーは荒々しい口調で言った。

「先生が死んだのは僕のせいです。先生の症状に一番早く気づいたのは僕だったのに——」

人の死は、残された人に強い影響を及ぼす。特に傍にいた人は一度ならず、罪悪感と自責の念にかられるという。コンスタンツェもそうだった。自分が早く手を打っていれば、ヴォルフィは助かったのではないか——と。

「違うわ。逆よ。私はあなたに感謝しているの。あなたがいなかったら、ヴォルフィの楽譜を永遠に失うところだった。あなたはヴォルフィの秘密を——守ってくれたんでしょう？　あなたがヴォルフィの手紙を処分してくれたから、ヴォルフィの――証拠がなくなって、灰色の外套を着た人たちはいなくなった。私たちは救われたの」

ジュースマイヤーは黙ってコンスタンツェの話を聞いた。

「あなたにお給金を払っていない身で、こんなことを頼むのはずうずうしいと思うわ。でも、どうしてもあなたの助けが必要なの。レクイエムを完成させてほしいの」

「僕にはできません」

「できるわ。あなたしかいないの。ヴォルフィの楽譜を大量に写譜したんでしょう？　だったらヴォルフィの癖も知っているでしょうし――」

「奥様、買いかぶりすぎりですよ。先生は僕を『道化師』と言いました。その意味がわかりますか？　僕は先生のいい笑い物にされていたんですよ」

ジュースマイヤーは自嘲した。

「『皇帝ティートの慈悲』のときにそれを思い知ったんです。僕は――この手にアクア・トファナがあるなら、先生を殺したいとさえ思いました。ええ、僕は先生の楽譜を研究し、真似をしました。モーツァルトなんて、たかだかピアノとヴァイオリンがうまいだけの人だと思っていました。先生の作る曲はどれも軽くて、中身がなくて、享楽的なものでウィーンで成功できたのは、ヨーゼフ二世陛下の寵愛があったからだと。違うんです！」

　ジュースマイヤーは悲鳴のように叫んだ。

「シンプルなんです。虚飾をとりはらったその曲は、すべて理論に裏打ちされている。その一曲を書くために、どれだけの楽譜を勉強したんでしょう。考えただけで、ぞっとしました。それからわかったんです。先生の楽譜を勉強したって、結局先生にはなれないんです。先生を超えることは不可能なんです。先生以上に旅に出て、多くのものを見て、人を見て、人を愛さなければ――」

　彼は顔をぐちゃぐちゃにした。

「おかしいじゃないですか。先生はこの世の中は平等だという。音楽はすべての人に平等にあたえられるという。だったら、なぜ音楽の作り手に天才と天才じゃない人がいるのですか。なぜ天才の傍にいて、僕は天才になれないのですか。なぜ先生のように音楽を書くことができないのですか」

　彼の告白を聞き、コンスタンツェはヴォルフィの姉のナンネルを思い出した。天才と呼ばれた彼女でさえ、ヴォルフィと一緒にいると平常ではいられなかった。ヴォルフィのもとを去って行った弟子たちも皆、同じような気持ちを味わったのだろうか。

「僕にお礼を言う必要はありませんよ。先生のことを密告したのは僕です。僕はサリエリ先生と、モーツァルト先生、お二人を裏切ったんです。僕が写譜をしたり、楽譜を隠すように言ったのは、誰のためでもない。自分のためです。僕は——先生が逮捕された後、写譜した先生の楽譜を自分の名前で発表しようと思っただけです。ええ、脚本はできあがっていました。先生は素晴らしいレクイエムを書いた。その作品を含め、実際に作品を書いていたのは弟子の僕だった——と後世で言われるんです。僕は称賛されるんです」

「でも、あなたはそれをしなかった」

コンスタンツェは言った。

「ヴォルフィはすべてをわかってあなたをおいていたのよ」

「だからこそ、あの人は頭がおかしいんです。あなたも僕を突き出してもいいんですよ。僕は喜んで罪を受けます」

「できないわ。証拠がないもの」

「僕だって……自分の力で曲を書きたいのです。先生のような——。まさか先生があんなにすぐに亡くなられるなんて……」

ジュースマイヤーは嗚咽(おえつ)を漏(も)らし、蹲(うずくま)った。コンスタンツェは彼を抱きしめる。

「私の亡き父が言っていたわ。写譜をするとその作曲家のことが一番わかるんですって。きっとあなたは——ヴォルフィの音楽を一番理解していたのよ。だから、彼は私のかわりに――あなたを傍においたんだわ」

　それから百日後、ジュースマイヤーは彼の持てる力をすべて発揮し、レクイエムを書き上げた。そのレクイエムはモーツァルトの曲にしては完成度が低いと賛否両論だったが、ベートーヴェンはジュースマイヤーを擁護した。

　その後、コンスタンツェが彼と会うことはなかった。


「……結局、彼は写譜したお父さんの楽譜を自分の名で発表しなかったのですね」

　フランツの言葉にコンスタンツェは頷いた。

「彼は悪人じゃなかったの。私たちを騙すつもりだったのなら、自分の罪を告白しなくてもよかった。彼に話したいことがあったわ。ヴォルフィは彼を『道化師』と呼んでいたけれど、それは滑稽な人間という意味ではないの。ヴォルフィは彼を――『後ろの王国』の『道化師』に任命したのよ。就任したら最後、やめることができない職に」

「僕は……本当に彼の子供ではないのですね」

「違うわ」

「だったら、なぜ、お母さんは墓参りのとき、あんなに動揺していたのですか？」

「灰色の外套の使者のことが――急に思い出されて、恐怖を感じたの」

コンスタンツェは淡く微笑んだ。

「何が正しいのか、何が間違っているのか、何ひとつわからない世の中だったもの。ジュースマイヤーがFに入り、アクア・トファナで制裁を受けたという説もあった。そうやって私たちは皆、真偽の定かでない憶測や噂に踊らされていたのね」

わかることはただ一つ。ジュースマイヤーはモーツァルトを敬愛し、同じ埋葬を選んだということ。

「お母さん、お父さんのお墓ですが、なぜ埋葬場所をスヴィーテン男爵に問い合わせなかったのですか？」

「無駄よ。Fにとってお墓は重要ではないもの。だけど、それを公表することはできなかった。公表すると、ヴォルフィがFだとわかってしまう。それに――私の母も、ゾフィーも葬儀馬車に最後まで付き添わなかったから、彼の遺体が聖マルクス墓地にあるかどうかすらわからないの。それで私は信者たちの前で沈黙したのよ」

コンスタンツェは重い息を吐いた。

「信者たちはヴォルフィの物であれば、なんでもありがたがったけれど、私には理解できないものもあったわ。ある方がヴォルフィのデスマスクを作って私に贈ってくださったのだけど、病で浮腫(むく)んだその顔は、私の知るヴォルフィとは似ても似つかないものだった。それに――その顔を見るたびに私は彼の臨終(りんじゅう)の苦しみを思い出すの。だから、割って壊したわ。信者たちから非難されたけれど――私は正しいことをやったと思っているの。ヴォルフィが、あんなデスマスクを世に残されて喜ぶはずがないもの」

コンスタンツェはフランツを見つめた。

「ヴォルフィが亡くなって、生き延びるのに必死だったから、お前がそれほど名前を気にしているなど、考えもしなかった。フランツ・クサーヴァーはありふれた名前だもの。プラハでお世話になったドゥーシェク、ヴォルフィの信奉者で『モーツァルト評伝』を著したニーメチェク、シカネーダー一座のバス歌手で『魔笛』のザラストロを歌ったゲルルもフランツ・クサーヴァーだった。身近な人たちの洗礼名は、先に生まれた子供たちに使ってしまったし……。でも、ヴォルフィのことだからもしかしたら、何か意味があったのかもしれないわね。そうね、彼特有のいたずらかしら」

「そんな……迷惑ですよ。子供の気も考えないで勝手に名前をつけて」

憤慨(ふんがい)するフランツにコンスタンツェはくすりと笑った。

「私がお前をモーツァルト二世と名づけたのは……お前を売りだすためでもあったけれど――私は確かに、お前の中にヴォルフィの姿を見たのよ」

昔を思い出すように、コンスタンツェは目を閉じた。

「ヴォルフィが亡くなった後、金策に追われて私は疲れ切っていたわ。部屋で微睡んでいると――ふいにピアノの音が聞こえたの。誰だろうと思ったわ。家には誰もいないのに――。ピアノのある部屋に行くと、三歳になったばかりのお前がピアノの前に座り、鍵盤を叩いていたの。誰にも教わっていないのに。お前が弾いたのは、『魔笛』の一節だった……」

僕は鳥捕り、いつも陽気だ、ハイサ、ホプササ！

「お前は鍵盤をさぐって音を探し当て、その一節を弾き、にこりと笑ったのよ。『お母さん、音符が飛んでいるよ』って。その瞬間、私はヴォルフィがそこにいるような錯覚にとらわれたの」

「僕がピアノを？」

フランツにそのときの記憶はなかった。

「不思議でたまらなかった。お前は『魔笛』を観に行っていないの。どうして知っているのかと思ったわ。そして、思い出したの。お前はヴォルフィが歌うのを聞いたことがあるのよ。一度だけ、彼が歌ったのをお腹の中で聞いて、覚えていたの。その瞬間、私の目に『後ろの王国』が見えたわ。疲れていた私の幻覚かもしれない。だけど、パパゲーノとパパゲーナたちは皆、お前の演奏を喜び、歓声をあげていたの」

「そんなことが……」

フランツは信じられなかった。母はまた真実をごまかそうとしているのではないだろうかと思った。けれど、彼女の目は真剣だった。

「お前の演奏を聴き、ヴォルフィと似ていないと言う人は、大道芸人のような演奏を期待しているのよ。だけど、お前は確かにヴォルフィの息吹を受け継いでいるの。お前がクラヴィーアを弾くと、いつもそこにヴォルフィがいるような感覚を覚えたもの。お前は本当にお父さんそっくりだった。ゲオルクも、そう言ったわ」

コンスタンツェは微笑み、話を続けた。

「この少年はまさにモーツァルトですね」

初めてフランツの演奏を聞いたゲオルク・ニッセンは心からそう言った。

ゲオルクとの出会いは一七九七年の終わり。三十一歳のコンスタンツェは興行主として、姉アロイジアと共に演奏旅行に出て、ウィーンに戻って来たときだった。各都市でヴォルフィの曲を演奏し、コンスタンツェが歌うこともあった。

ヴォルフィの借金はこのときまでにあらかた返済し終わっていた。が、それでも老後が心配だった。そこでコンスタンツェは亡き母に倣(なら)い、下宿屋を営(いとな)むことにした。十六年前、下宿部屋にやってきたのはヴォルフィだった。今度はどんな人が来るのだろうと思っていたら――やってきたのは四歳年上のデンマーク人の外交官だった。

彼はヴォルフィの信者だった。同居した後、彼に求婚された。家に男手は必要だった。子供たちが一人前になるときにも後見人が必要だった。フランツこと――モーツァルト二世はこのとき六歳だった。しかし、コンスタンツェは迷った。「後ろの王国」の王妃が再婚してもいいのだろうか。再婚したら彼の王国はどうなるのだろう――と。

そうしたときに、ヴォルフィの歌声がふってきた。

――女はみんなこうしたもの(コジ・ファン・トゥッテ)。

その歌は、再婚の許可なのだとコンスタンツェは思った。若い頃はこの台本が許せなかった。この歌劇の女性たちは婚約者がありながら、新しい男性に口説(くど)かれ、狂言芝居(しばい)に騙され、心を移す。だけど――ヴォルフィはやはり、多くのことを予見していたのだと思った。彼は人間を愛し、人間をよく見ていた。

一八一〇年、ゲオルクが本国に召還されたことがきっかけで、ウィーンの家をたたみ、彼と結婚した。ゲオルクはヴォルフィの音楽を愛した。彼と出会えたからこそ、ヴォルフィのすばらしさをより一層理解することができた。また、ヴォルフィとの結婚があったからこそ、ゲオルクの穏やかな愛情がわかった。

ゲオルクはヴォルフィの伝記の執筆のため、資料を集めた。彼と共に、ヴォルフィをさぐる作業は楽しかった。一緒にヴォルフィの遺品を整理し、手紙を読んだ。

資料を調べるうちに、ゲオルクはヴォルフィがFであったことに気づいた。それで、コンスタンツェは伝記『モーツァルト伝』の出版の際に条件をつけた。

「息子たちの生涯に支障が出ないように、掲載内容に配慮してほしいのです」

ゲオルクは快く了承したが、コンスタンツェは伝記の出版には正直、乗り気ではなかった。その伝記には数多くの書簡の掲載が予定されていたが、手紙がつねに真実を伝えているとは限らないからだ。義父レオポルトの手紙はコンスタンツェへの悪意で満ちており、借金を依頼するヴォルフィの手紙の中でコンスタンツェは数えきれないほど病人にされた。

「それを読んだら、人々は誤解するのではないかと思うのです」

そう言うと、ゲオルクは笑った。

「どうして世間の目を気にするのですか？　あなたはあのモーツァルトに愛されたのでし

ょう？　その事実は変わらないのに、何を恐れるのです。読む人に好きに解釈させればいいじゃありませんか」

「手紙を掲載すると、私に教養がないことが知られてしまいます。それは――ヴォルフィにとって不名誉なことではないでしょうか」

「結婚相手があなたでなく、もっと音楽的才能があり、教養がある人であれば、モーツァルトはもっと活躍でき、より素晴らしい作品を書けたはずだと言う人もいますが、そういう人たちはわかっていないのです。別の人と結婚していたら必ずしもいい結果になっていたとは限りません。むしろ、現在ある、彼が残した六〇〇を超える作品すら、存在していなかったかもしれません。モーツァルト夫人、天才の妻は何をしても悪妻と呼ばれる運命にあるのです。だったら、逆にそう思いこませてもいいのではないですか？　私なら天才の妻は常識的な人間ではなく、悪妻であってほしいと思います。そのほうが天才の逸話が華やかに彩られます」

「アクア・トファナのことも？」

「ええ、それをモーツァルトが話したのが事実であれば」

　ゲオルクはある意味、ヴォルフィとよく似た人だった。自由な気風で、よく冗談を言い、人をくったところがあった。

「こんな伝記、本当に出す意味があるのかしら。人々が知りたいことが何も書かれていないのに」

　なおも渋るコンスタンツェに彼はこう言った。

「ありますよ。謎があると人は謎解きに夢中になります。謎が解明されるまで、人々はモーツァルトを忘れないでしょう。いいえ、謎を解いている間に彼の音楽に夢中になります。そして、彼を愛するようになるのです」


　話し終わると、コンスタンツェはけだるそうに椅子（いす）に身をあずけた。

「ああ、もうこんな時間」

　皺（しわ）が刻まれた手がフランツの顔にふれる。

「小さかった赤ん坊がこんなに大きくなったのね。ヴォルフィよりもずっと……」

　そう言って、コンスタンツェは立ち上がる。

「フランツ。お前のピアノが聴きたいわ。体の具合はどう？　大丈夫そうなら、旅立つ前に一曲、弾いてくれないかしら」

「おやすいごようですよ」

　フランツは微笑む。母の話を聞き、長年患っていた胃の痛みが、少しだけやわらいだ気がした。コンスタンツェはお湯を沸かし、コーヒーを淹れる。

「ねえ、フランツ、かつては特権階級の人間がいろんなものを独占していたの。文字も、芸術も、音楽も。でも今はすべての人に解放された。ヴォルフィが亡くなって私は『永遠』の意味を知ったの。どうして彼の死を悲しんでいたのかしらね。彼が亡くなっても、彼の音楽は生き続けているのに。彼は音楽の中にいるのに」

　フランツの演奏に耳を傾けながら、コンスタンツェは独り言のように言った。

「……死は人生の最大の目標ってどういうことか考えてみたの。それでわかったの。私にも死の恐怖はなくなったわ。私たちの前におそろしい灰色の外套を来た死の使者がやってくることはないの。来るとしたら——その使者はきっとヴォルフィよ。愛する子供たちをつれて私たちに会いにきてくれるはずなの。だから、その日まで生きるの。私たちは裁かれることはなく、楽園へ向かうの。その楽園の名は『後ろの王国』と言うの。国王の名前は『トラツォーム』、王妃の名前は『レズナーツ』。その場所は——美しい音楽で満ち溢れているのよ」

『魔笛』のパパゲーノのアリアをピアノ用に編曲して弾きながら、フランツは考える。

『魔笛』に出てくるパパゲーナは最初、老婆の姿で登場する。パパゲーノは愛する女性が老婆であることを知っていやがる、滑稽なシーンだ。パパゲーナは後に若い娘として再登場するが――なぜ初登場は老婆の姿なのだろうと思った。

でも、ふと気づいた。もしかすると、父は、母が長く生きることを予期していたのかもしれない。それこそが彼の望みだったのかもしれない。

パパゲーノが「魔法の鈴」を鳴らすと、老婆は、若い娘にかわる。十八歳のコンスタンツェに。二人は抱き合って再会を喜ぶ。

――ヴォルフィ！

――スタンツェル！

その情景がフランツの目に浮かんだ。

もっともこれは、フランツが勝手に思ったことだ。人はなにかにつけて物事に理由をつけたがるけれど、父はそんなことは気にしていなかったかもしれない。

堅苦しいことは考えず、ただ、音楽を楽しめばいいのだと。

＊＊＊

コンスタンツェ・ヴェーバー・モーツァルト夫人。

この半年後、一八四二年三月に亡くなる。遺体は再婚相手のゲオルク・ニッセンの墓に埋葬される。


フランツ・クサーヴァー・モーツァルト（モーツァルト二世）。

一八四二年九月、モーツァルト像除幕式に参加。モーツァルト音楽祭でモーツァルトのピアノ協奏曲第二十番を弾き、『皇帝ティートの慈悲』を編曲した、自作のカンタータを演奏。一八四四年七月に永眠。


カール・リヒノフスキー侯爵。

モーツァルトの死の数週間前にモーツァルトを借金の件で訴えるが、モーツァルトの死後、訴訟(そしょう)を取り下げる。

フランツ・フォン・ヴァルゼック＝シュトゥパハ伯爵。

亡き妻のためのレクイエムをモーツァルトに依頼。彼がレクイエムの本当の依頼主であることが判明したのは、二十世紀になってのことである。

コンスタンツェと結婚したモーツァルトは書き残している。

「結婚したらいろいろわかってきますよ。今までは半分謎だったことが」


（了）

※この作品はフィクションです。実在の人物・団体・事件などにはいっさい関係ありません。

集英社オレンジ文庫をお買い上げいただき、ありがとうございます。
ご意見・ご感想をお待ちしております。

● あて先
〒101-8050　東京都千代田区一ツ橋2-5-10
集英社オレンジ文庫編集部 気付
一原みう先生

私の愛しいモーツァルト

悪妻コンスタンツェの告白（アリア）

集英社
オレンジ文庫

2017年11月22日　第1刷発行

著　者　一原みう
発行者　北畠輝幸
発行所　株式会社集英社
〒101-8050東京都千代田区一ツ橋2-5-10
電話【編集部】03-3230-6352
【読者係】03-3230-6080
【販売部】03-3230-6393（書店専用）
印刷所　凸版印刷株式会社

※定価はカバーに表示してあります

ISBN 978-4-08-680159-1 C0193

集英社オレンジ文庫

一原みう

マスカレード・オン・アイス

愛は、かつて将来を期待された
若手フィギュアスケーターだった。
高一の今では不調に悩み、
このままではスケートを辞めざるを
得なくなりそうだが、愛は六年前に交わした
“ある約束”を果たそうとしていて——？

【電子書籍版も配信中　詳しくはこちら→http://ebooks.shueisha.co.jp/orange/】